dtv

Agnes ist verheiratet und hat einen vierjährigen Sohn. Materielle Sorgen hat sie nicht, sie könnte also rundum zufrieden sein. Wäre da nicht die ständige Angst, den Anforderungen des Alltags nicht gewachsen zu sein. Alle sind tüchtiger als sie. Keiner braucht sie wirklich. Nicht ihr Mann, der seine Freizeit als Musiker in Schwabing verbringt, und nicht einmal ihr Sohn. Denn Schwiegermutter und Schwägerin wohnen im gleichen Haus und bevormunden Agnes wie ein kleines Kind. Verzweifelt fährt die junge Frau nachts durch die Straßen Münchens und findet doch keine Ruhe. Bis fast alles zu spät ist ...
»Ich bewundere, wie schön und mildreich diese Agnes den Gegenfiguren, unter denen sie so leidet, Gerechtigkeit widerfahren läßt. Da schlägt menschliche Qualität direkt in schreiberische um ... Es ist ein Laster, einer solchen Erzählfrau zu verfallen und die Sprachsiege zu genießen, die sie im Kampf gegen ihren schrecklichen Lebensstoff erringt. Was interessiert mich weniger als Mutterglück und -leid als solches?! Und wie gern hab ich's in diesem Buch gelesen.« (Martin Walser in ›TWEN‹)

Asta Scheib, geboren am 27. Juli 1939 in Bergneustadt/Rheinland, arbeitete als Redakteurin bei verschiedenen Zeitschriften und lebt heute als Schriftstellerin und Drehbuchautorin in München.

Asta Scheib

Langsame Tage

Roman

Deutscher Taschenbuch Verlag

Von Asta Scheib
sind im Deutschen Taschenbuch Verlag erschienen:
Kinder des Ungehorsams (12231)
Das zweite Land (13401)
Frau Prinz pfeift nicht mehr (20634)
In den Gärten des Herzens (20731)
Beschütz mein Herz vor Liebe (20779)
Schwere Reiter (25125)

Ungekürzte Ausgabe
Februar 2006
Deutscher Taschenbuch Verlag GmbH & Co. KG,
München
www.dtv.de

Umschlagkonzept: Balk & Brumshagen
Umschlaggestaltung: Stephanie Weischer unter Verwendung
einer Fotografie von © photonica / Virginia Woods-Jack
Gesetzt aus der Garamond 10,5/12,5·
Gesamtherstellung: Druckerei C. H. Beck, Nördlingen
Gedruckt auf säurefreiem, chlorfrei gebleichtem Papier
Printed in Germany
ISBN-13: 978-3-423-13420-0
ISBN-10: 3-423-13420-8

Für Henrik und Lennart

Langsame Tage. Alles überwunden.
Und fragst du nicht, ob Ende, ob Beginn,
dann tragen dich vielleicht die Stunden
noch bis zum Juni mit den Rosen hin.

Gottfried Benn

I

Sie steht leise auf. Dabei schläft Peter wie ein Toter. (Wie schlafen eigentlich Tote?) Anfangs, als sie erst kurze Zeit verheiratet waren, war Agnes nachts oft hochgeschreckt. Hatte zu Peter hinübergehorcht. Der atmete leise und zuverlässig. Heute auch. Agnes wusste, er würde genauso zuverlässig atmen ohne sie. Mutter wird es hören. Das hat sie mit Agnes gemeinsam.

Seit Alex da ist, hört sie jedes Knacken in der Heizung. Sie hatte noch größere Angst um den Schlaf von Alex gehabt als um den von Peter. Besonders in den ersten Wochen nach Alexanders Geburt. Auch wenn das Kind sich erbrach, lautlos, das Köpfchen rot anlief, die Augen ohne Laut aus den Höhlen traten, Agnes hörte es. Stürzte hin, hob Alex auf, klopfte, schüttelte ihn. Auch wenn Alex ruhig schlief, rannte sie manchmal hin. Beugte sich nah über die duftende, samtige Haut, so nah, dass ihr schwindlig wurde.

Jetzt deckt sie Alex zu. Das Kind ist wieder mit einem Stirnrunzeln eingeschlafen. Peter und Lore haben immer geschlafen wie Engel, sagt Mutter. Und dass man mit dem Kind nicht zur Nacht beten könne. Alex kichert dann und sagt, dass die Omi komisch aussieht, wenn sie betet.

Alex ist nicht wie andere Kinder. Agnes nicht wie andere Schwiegertöchter. Sie weiß das.

Würde sie sonst mitten in der Nacht rausrennen und das Auto aus der Garage holen? Sie weiß genau, was Mutter jetzt denkt: sie hat wieder ihren Rappel. Und morgen sagt sie zu Lore: letzte Nacht hatte sie wieder ihren Rappel.

Peter lässt Agnes gewähren. Sie hat ihm gesagt, wie schön es für sie sei, nachts durch München zu fahren. Sie hat nachts viele Freunde in München. Alle, die von der Autobahn Stuttgart kommen und die Verdistraße stadteinwärts fahren. Tags geht das oft nur im Schritt-Tempo. Bayern Drei meldet dann: stehender Verkehr auf der Verdistraße stadteinwärts.

Das Auto ist für Agnes der einzige Ort, an dem sie ihr Alleinsein aushält. Im Auto ist zum Alleinsein keine Zeit. Die Hebel, Knöpfe und Schalter gehorchen, als hätte sie Zauberkräfte, so dass das blauschimmernde Gehäuse, das ruhig wartend in der Garage steht, plötzlich lebt. Leuchtende Augen bekommt, einen Mund mit Metallzähnen. Das komplizierte technische Treiben unter der Kühlerhaube grenzt für Agnes an Hexenwerk. Doch sie gibt sich zufrieden damit, dass sie mittels Knöpfen und Hebeln den fremden Geistern befehlen kann. Gehorsam rollen die Reifen rückwärts, beschreiben einen Bogen bis auf den Asphalt der Straße. Jetzt beginnt das komplizierte Verkehrsspiel. Die Konzentration, die nötig ist, um diese Spielregeln zu befolgen, erzeugt in Agnes die Illusion von Zugehörigkeit. Sie gehört zu denen, die – eingeschlossen in lackierte Gehäuse – nach feststehenden Gesetzen schalten, Gas geben, bremsen, lenken.

Es erfüllt Agnes jedes Mal mit einer ihr sonst fremden Art von Stolz, wenn sie eine dichtbefahrene Kreuzung wie die an der Arnulfstraße erreicht, da, wo sie von der Donnersbergerbrücke überdacht wird. Dank ihrer vorauswissenden Geschicklichkeit, die Agnes gegenüber Ortsfremden liebevollnachsichtig macht, reiht sie sich auf der Mittelspur ein. Aus vier Richtungen stehen die Dreierreihen der Autos vor dem drohenden Rot der Ampeln. Ihre gebändigte Wut strömt in vorgeschriebene Bahnen. Widerwillig. Ein Motor dröhnt dem anderen: ich bin der Stärkere. Manchmal, wenn ein Lenker das Gesetz auch nur für Sekunden vergisst, übernehmen die Autos die Regie. Mit drohendem Wutlaut springen sie gegeneinander, splittert Glas, schrumpft Blech. Nie wird Agnes diesen blechernen Aufschrei ihres Autos vergessen, als sie an der Ecke Camerloher/Fürstenrieder Straße die Vorfahrt missachtete. Die schrille Stimme der Fahrerin, die überall in den Häusern Zeugen suchte, obwohl Agnes nichts bestritt. Die grünen Ordnungshüter, die die Spielregeln bewachen.

Agnes hatte sich ausgestoßen gefühlt, leer. Das schöne blaue Auto gehorchte nicht mehr, wie oft auch Agnes die Zauberformeln sprach. Von da an war die Konzentration, mit der Agnes fuhr, anhaltend und stark geworden. Sie fuhr Auto, als tanze sie auf dem Seil. Seiltanzen mit Rockmusik. Peter hatte einen Kassettenrecorder eingebaut. Jetzt kann Agnes das Auto jederzeit zum Bersten mit Rockmusik anfüllen. Kann Rock 'n' Roll tanzen, ohne dass ihre Plumpheit sie hemmt. Rock, rock, rock in the body. Immer schneller, wilder. Haare fliegen, Röcke. Wenigstens gute Beine hat sie. Obwohl das linke, wenn man ganz genau hinschaut, etwas nach außen gebogen ist. Ein bisschen O, sagt Lore. Sie hat es gleich gesehen, als Agnes noch Minikleider trug.

Jetzt kommt ein Cha-Cha-Cha. One two chachacha, three four chachacha, si no chachacha! Wenn sie in der Wohnung allein ist, kann sie viele Chacha-Figuren. In der Tanzstunde hat sie gelernt: Wiiige chachacha. Wie gern hätte Agnes südländisches Temperament. Oder wenigstens etwas Ähnliches. In ihren Gedanken reckt Agnes jetzt den Hals hoch, stampft mit den Füßen und kommt sofort in den Rhythmus.

Warum gelingt ihr das beim Tanzen mit anderen, auch mit Peter, nicht? Peter und Agnes können überhaupt nicht gut miteinander tanzen.

Peter und seine Schwester Lore könnten Turnier tanzen, sagt Mutter.

Agnes hat oft das Gefühl, dass Lore in Peter verliebt ist. Warum dürfen Geschwister nicht ineinander verliebt sein? Verbietet das Staat oder Kirche? Obwohl Agnes in ihrer Kindheit das Knien gelernt hat, ist ihr die Kirche so fremd wie eine strenge, freudlose Mutter, der man nie was recht machen konnte. Doch so, wie man sein Elternhaus verdrängen, aber nicht vergessen kann, zog es sie in Dome, sang sie die alten Kirchenlieder, von denen sie meist alle Strophen auswendig wusste. Ihr liebstes sang sie manchmal dröhnend im Auto: »Wachet auf, ruft uns die Stimme der Wächter sehr hoch auf der Zinne, wach auf, du Stadt Jerusalem. Mitternacht heißt diese Stunde, sie rufen uns mit hellem Munde: Wo seid ihr klugen Jungfrauen? Wohlauf, der Bräutigam kommt, steht auf, die Lampen nehmt. Halleluja. Macht euch bereit zu der Hochzeit, ihr müsset ihm entgegengehn.« Und wenn sie sang: »Ihr Freund kommt vom Himmel prächtig, von Gnaden stark, von Wahrheit mächtig«, dann schien ihr das eine vage Verheißung, die ihr nicht unlieb war.

Sie freut sich jetzt auf den Buckel, den die Straße am Nymphenburger Kanal macht. Nördliche Auffahrtsallee, Südliche Auffahrtsallee. Jedes Mal scheint es sie im Auto ein wenig vom Sitz zu heben, wenn sie über den Kanal fährt. Agnes weiß, im Hintergrund liegt das strahlende Nymphenburger Schloss, die Christkönigskirche nahe der Straße ist auch eine liebe Bekannte. Am Romanplatz, an der Ampel, hat sie in ihrem Kopf noch das schöne Bild vom Schloss und dem Rundbau der Kirche. Es ist, als gehöre ihr beides.

Auf der Straße zum Steubenplatz wurde Agnes schon mal in einer Radarfalle erwischt. Aschermittwoch war das. Am Abend vorher war Agnes im »Fallmereyer Hof« beim Fasching gewesen. Ohne Peter, der spielte wieder mit Sigi und Joko in der »Distel«. Peter spielt Klavier. Auch Schlagzeug und Hohner Piano. Agnes war nicht gern dabei, wenn er mit seinen Freunden im Keller übte. Peter sah so hingegeben aus, wenn er spielte. Sie würde das niemals laut sagen. Sie weiß, dass sie ihre Gedanken nicht so einfach aussprechen kann.

Trotzdem denkt Agnes auch jetzt, dass Peter hingegeben aussieht, wenn er am Klavier sitzt. Voller Hoffnung. Peter erhofft sich von seiner Musik etwas, was er von Agnes nicht erwartet.

Deshalb konnte sie es nicht aushalten, wenn Peter spielte. Sein Gesicht, das sie nicht einmal in ihren Gedanken fassen, geschweige denn beschreiben konnte, diese sehnsüchtige Hilflosigkeit, dieses Warten, war nicht einmal bei Alexanders Geburt auf Peters Gesicht gewesen. Agnes hatte in Filmen gesehen, wie Männer sich hilflos-erschüttert über das Kind beugen, das die geliebte Frau ihnen geboren hat.

Peter hatte sich nur hinter dem Ohr gekratzt. Und ganz langsam »Na ja« gesagt.

So sind die Männer, hatte Mutter gesagt. Sie können keine Gefühle zeigen. Peters Vater war auch so.

Lore saß ruhig da. Agnes hatte Lore zum ersten Mal lieb, so ruhig saß sie da.

Jetzt sitzt Peter wieder mit seinem Klaviergesicht in

der »Distel«, hatte Agnes gedacht, als sie mit Iris zum »Fallmereyer Hof« fuhr. Iris, wildmähnig und schmal in ihren Kniehosen, war wie eine ungeschützte Fechterin plötzlich vor Agnes gestanden. Bereit zum Ausfall. Iris, so schien es Agnes, war immer bereit, mit dem Leben zu fechten, immer auf dem Sprung. Sie schien nichts zu fürchten. »Komm, du musst raus hier aus dem Laden«, hatte Iris gesagt, »ich hab Lust, ein paar Leute zu sehen, und dir tut das auch gut.« Agnes war gern mit Iris zusammen, es war ihr egal, wo und wie. Im Grunde war Iris für Agnes fremd, nicht durchschaubar. Doch sie zog Agnes stark an, es war, als gehe etwas von der Vitalität des Mädchens auf sie über. Sie fuhr gern mit Iris im Auto. Verstohlen sah sie das bewunderte Profil der Freundin, die sanft gebogene Nase, die vollen Lippen. Niemand störte, niemand konnte einsteigen und die Harmonie zwischen Agnes und Iris stören. Oder einfach hereinplatzen wie Mutter und Lore, die Iris nicht mochten. Iris schreibt für Zeitungen. Manchmal denkt Agnes, dass Iris ihr die Tür öffnet zu einem unruhigen, bunten Leben, das Agnes nicht kennt, in das sie sich niemals hineintrauen würde. Gemeinsam mit Iris – ja. Sie bringt Agnes Bücher mit. Füttert sie mit Literatur wie eine Krähe ihr Junges. Natürlich weiß Iris nicht, dass Agnes die meisten Bücher nicht begreift und sie trotzdem liest. Agnes möchte einmal irgendwo eingesperrt sein und nur lesen. Wochenlang. Monate. Agnes war zuerst ganz arglos den Büchern gegenüber. Tauchte in die Seiten ein, lebte mit ihnen und sprach ihre Sprache. Las sie abends Fontane, träumte sie in seiner Sprache, setzte ihre eigenen alltäglichen Gedanken um in seinen Sprachrhythmus. So wie Lene Nimptsch mit Botho von Rienäcker sprach Agnes im Traum mit Peter: Ich weiß, dass du mich manchmal seltsam findest und jeden Tag denkst, wenn sie doch wie Mutter und Lore wäre. Damit ist es aber nun zu spät. Das schaffe ich nun nicht mehr. Du magst mich und bist schwach. Daran ist nichts zu ändern. Alle hübschen Männer sind schwach und der Stärkere beherrscht sie ... Es war so, dass sich die Sprache Fontanes in ihrem Kopf drehte, sich verselbständigte, sie ganz ausfüllte. Selbst am Tag konnte sie dies Sprachkorsett oft nicht abstreifen. Agnes besaß eine Fontane-Gesamtausgabe in Taschenbuchformat. Unter den wenigen Büchern, die Agnes gehörten, waren das ihre liebsten. Alles andere, was sie in sich hineinlas, brachte Iris mit. Lese-Exemplare aus ihrer Redaktion. So hatte sich Agnes in die moderne Literatur hineingefressen. Manchmal wurde sie geprellt. Wenn sie in der ›Süddeutschen‹ eine Rezension las, erfuhr sie, dass sie nichts von dem Buch begriffen hatte. Es dauerte lange, bis Agnes sich dazu durchgerungen hatte, nicht mehr alle Rezensionen zu lesen.

Agnes war bereit, ihr Unrecht einzusehen. Zumal sie keinem Menschen Rede und Antwort stehen musste. Und wenn, dann war Agnes schon gewitzt. Fragten Iris oder Peter höflich, wie ihr denn ein Buch gefallen habe, so antwortete sie, das wolle sie noch nicht sagen, ehe sie das Buch nicht ein zweites Mal gelesen hätte. Und da alle wussten, dass Agnes tatsächlich jedes Buch mehrere Male las, war die Frage vertagt und vergessen. Das klappte ganz gut. Für außerplanmäßige Fragen hatte Agnes auch vorgesorgt. Aus einer ihr nicht gar so feindlichen Rezension hatte sie geklaut: Gefühlssicher. Ich finde, das Buch ist gefühlssicher. Oder: Stellenweise ist das Buch unvergleichlich sprachsicher. Es hat ungeheure Kraft. Es hat ein ungeheures Beunruhigungspotential. Diese Formulierung gebrauchte Agnes aber nur, wenn sie schon Rotwein getrunken hatte. Wie viel Kraft und Konzentration braucht ein Mensch, um so etwas vor Dritten zu sagen: ungeheures Beunruhigungspotential. Der Donaudampfschiffkapitän. Übung ist alles. Sonst hätte Agnes schon mit dem Potential Schwierigkeiten gehabt. Nur gut, dass nie jemand nachfragte. Doch selbst dann wäre Agnes nicht gescheitert. Außer Fontane besaß sie noch ein dtv-Lexikon. Mutter sagt, das tauge nichts. Komm rauf, hol dir meinen Brockhaus! Mutter weiß von Peters Vater, dass nichts über den Brockhaus geht. Peters Vater war Lehrer. Doch Agnes fand auch im dtv viel Erklärendes über Potential.

Diesmal war in der Arnulfstraße keine Radarfalle. Das schien Agnes schön an den Nächten auf der Straße: alles Behördliche im Halbschlaf. Am Winthirplatz gingen zwei ältere Männer links auf dem Gehsteig. Beide hatten die verkrümmten Hände auf dem Rücken zusammengelegt. Sie ähnelten sich wie Zwillinge. Die gleichen Raglanmäntel, die gleichen grauen Hüte mit Band. Sie gingen leise, wortlos, als wollten sie die Anwohner nicht wecken. Zwei Frauen liefen voraus. Eine hatte sich bei der anderen eingehängt. Klein und schmächtig waren sie, schienen aber eine trotzige Haltung gegen die hinter ihnen laufenden Männer einzunehmen – offensichtlich ihre Ehemänner. Jetzt traten sie beim Zebrastreifen auf die Straße. Agnes hielt. Beide Frauen schauten ins Auto mit einem DukannstunsdochnichtindenArschfahrenGesicht. Die Männer nickten Agnes wie um Entschuldigung bittend zu. Agnes' Lächeln schien sie zu irritieren.

Kannst du dir vorstellen, mit Peter alt zu werden, hatte Iris Faschingsdienstag gefragt. Agnes konnte sich das eigentlich gut vorstellen. Sie war seit Alexanders Geburt oft so müde. Eisenmangel, sagte der Arzt. Zu wenig frische Luft, sagte Mutter. Zu wenig Gemüse und Salat,

Herr Doktor. Meine Schwiegertochter isst nicht genügend Vitamine. Mutter sagte das so leicht, denn Agnes war ja guten Willens. Sie hörte und las überall, dass man täglich Grünes und Gelbes essen muss. Sie bekam Blähungen davon, und ihr graute vor Mutters riesigen Kohlköpfen. Die armdicken Lauchstangen, die drohend aus Mutters und Lores Einkaufsnetz ragten! Sie würden das Haus mit ihrem Geruch ersticken.

Alex ist ganz nach dir geschlagen, sagt Mutter. Sie sagt es böse. Er will auch kein Gemüse essen, keinen Salat, nichts.

Aber Alex war nie müde. Er hat so viel Energie, dass Agnes manchmal darauf wartet, das Kind die Wände hochrennen zu sehen. Wenn er vor Agnes herlief, die Straße hinunter, schaute er sich plötzlich im Lauf nach Agnes um und rannte gegen einen Mast. Seine bleichen Lippen, dann sein Taumeln. Doch nach wenigen Minuten ging's weiter, war der Schrecken vergessen. Das Gebrüll am letzten Sonntag, als Alex beim Kirchenbesuch den Kopf durchs Geländer steckte und ihn dann nicht wieder herausbrachte. So viele Leute. Mutters Kopfschütteln.

Agnes wurde immer müder. Manchmal saß sie morgens im Bad und wusste nicht, wie sie ihre Strümpfe anziehen sollte. Sie wollte wieder ins Bett. Doch das war nicht möglich. Gleich würde Mutter mit ihrer korrekten Einschlagfrisur herunterkommen. Fragen, ob sie Alex zum Kindergarten bringen sollte. Und gleich Gemüse vom Markt mitbringen. Spinat zum Beispiel. Alex hätte ihn nötig. Und Endiviensalat ist jetzt so preiswert. Möhren aus Italien, aber nicht schlecht. Für ein Gemüse mit Butter und gehackten Zwiebeln kann man sie schon nehmen.

Agnes wünscht dann, sie wäre alt. Mit all den Büchern, die sich angesammelt hätten, im Altersheim. Der Gedanke schreckt Agnes nicht. Jemand würde sauber machen bei ihr, sie, Agnes, könnte ein paar Schritte durch den Park laufen und überlegen, was sie heute, morgen und übermorgen lesen würde. Der ›Zauberberg‹ käme oft dran und die ›Brüder Karamasow‹. Überhaupt die Russen. Dostojewski, Tolstoi, Turgenjew. Goethe wollte sie lesen und Bergengruen, Solschenizyn auch und Isaac B. Singer. Max Frischs ›Montauk‹ ist dann sicher schon abgegriffen und Alexander Kluges ›Unheimlichkeit der Zeit‹. Und alle Fontane-Bücher. Vielleicht hatte sie bis dahin eine gebundene Ausgabe.

Hoffentlich kann ich noch gut lesen, wenn ich alt bin. Das ist Agnes' große Sorge: das Augenlicht zu verlieren. Oft, wenn sie müde ist, verschwimmt alles vor ihren Augen. Mag sie dann noch so stark zwinkern, die Augen zukneifen, aufreißen, es nützt nichts, sie muss mit dem Lesen aufhören.

Was Agnes fürchtet: einmal nicht mehr lesen zu können. Nicht mehr hineinsehen zu können in die Welt wortgewaltiger Menschen. Wortgewaltig. Gewalt haben über Worte. Oder in Worten gewaltig sein. Über gewaltige Worte verfügen. Das, was sich im Kopf bis zum Bersten speichert, geordnet herausfließen zu lassen in gewaltigen Worten. Dichter können das. Fontane konnte das, als er alt war. Alt sein und allein. Davor hatte Agnes keine Angst. Mit fünfzig erschieß ich mich, sagte Iris.

Damals, als Agnes und Iris beim »Fallmereyer Hof« ankamen, war es schon übervoll in der Kneipe. Rotlila Licht, Fats Domino und Unzählige, die tanzen und durch die kleinen Räume drängen. Iris wird von einem blonden Schnauzbart umarmt, Agnes lässt sich schieben, spürt heiße Hände. Sie will heim. Hält es kaum aus in der Hitze. Das schwere ungarische Leinenkleid war eine blöde

Idee. Entschlossen schiebt und drängt sie zum Ausgang. Ein Dunkeläugiger mit Lockenperücke zieht sie an sich. Er fasst ihre Hüften, sein Baumwollhemd ist überraschend kühl. Als er sie küsst, ist die lilarote Helligkeit, die stampfende Rockmusik, die Bereitwilligkeit aller schwitzenden Körper in seinem Mund. Agnes kann gefahrlos untertauchen, eintauchen in die Höhle fremder Begierde. Verwundert sucht sie Halt und möchte doch lieber taumeln. Sie umklammert ihn, ihr Kopf liegt an seiner Schulter. Das weiße Hemd hat den Vanilleduft frisch gewaschener Baumwolle. Alexander. Agnes sehnt sich nach dem Kind, wie immer, wenn sie glaubt, etwas Verbotenes zu tun. Nur, weil du es daheim nicht aushältst, sagt Mutter.

Agnes reißt sich los. Benommen lehnt sie an einer Wand. Neben ihr ein großer, schmaler Mann. Er scheint sie schon eine Weile angesehen zu haben. Himmel, ihm rinnt ja der Schweiß in Bächen die Schläfen hinunter! Er sieht aus wie Jesus Christus. Ein schöner, leidender, leidenschaftlicher Christus. Er sieht Agnes an, lächelt nicht. Als sie wortlos den weiten Rock ihres Leinenkleides anhebt, vergräbt er sein Gesicht darin. Trocknet es ab. Beide sehen, dass der Rock vorn nicht mehr weiß ist.

Veronika, sagt der Mann.

Ein Kirchenlied fällt Agnes ein. »Christus, mein König, dir allein schwör ich die Liebe, lilienrein. Bis in den Tod die Treue.«

Agnes wusste später nicht, ob sie das alles geträumt hatte.

Sie war aus dem »Fallmereyer Hof« irgendwie herausgekommen. Der Mann folgte ihr. Er ging ruhig, hielt Abstand. Für Minuten, die Minuten bis zum Wagen, fühlte Agnes sich in Sicherheit. So, wie sie sich als Kind in der Weihnachtsmette in Sicherheit gefühlt hatte. Wenn ganz hinten, unter den Erwachsenen, Mama stand.

Der Mann blieb ruhig stehen, als sie das Auto aufschloss. Er bewegte sich nicht, als Agnes davonfuhr. Agnes hatte plötzlich starkes Verlangen nach Peter gespürt. Aber in die »Distel«, wo Peter spielte, mochte sie nicht gehen. Sie wollte nicht dort sein, wo Peter das Klaviergesicht hatte. Die Dunkelheit des engen Kellerlokals schien ihr feindselig, es war, als sei Peter unter den Stammgästen der »Distel« mehr zu Hause als bei ihr.

Es waren bunte, lässige Leute, so schien es Agnes. Die Blicke der Mädchen sonderten sie aus, sie entsprach nicht ihren Gesetzen. Auf den bunten Bildern der Magazine, die Agnes so gerne anschaute, gab es ähnlich aussehende Mädchen, die immer freundschaftlich lachten, kumpelhaft unbeschwert. Hier sahen sie mürrisch durch Agnes hindurch. Mutter würde sagen: Verrückte Vogelscheuchen. Lore sprach mit herabgezogenen Mundwinkeln von hirnlosen Dingern, die wie aufgezäumte Zirkuspferde herumlaufen. Lore und Mutter kleideten sich klassisch. Agnes hätte gern ihre Sicherheit gehabt. Der ebenso unausgesprochene wie unerfüllbare Wunsch, auszusehen wie die Mädchen der Schwabinger Szene, machte ihr manchmal zu schaffen.

Wäre Iris mitgekommen, ja dann. Mit Iris traute sich Agnes. Iris war überall richtig. Wenn sie flache Ballerinenschuhe anhatte, schien das die einzig mögliche Fußbekleidung. Kam Iris in die »Distel«, machte ihr immer jemand Platz an der dichtbelagerten Theke. Selbst die Mädchen schauten sie mit einer Art widerwilligem Respekt an.

Iris bezog Agnes ein ins Gespräch. Oft wünschte sich Agnes, zu sein wie Iris. Ihre Körperlänge, das naturkrause

Haar, das zusammengebunden wie ein Busch wippte oder lose Iris' Kopf umwuschelte. Wie hab ich mich über die blöden Haare schon geärgert, sagte Iris. So kraus, so dick, dauert stundenlang, bis sie trocken sind.

Iris hat eine unerschöpfliche Garderobe. Trachtenjacken vom Trödel, Seidenshirts aus Bali, Bauernröcke aus Ungarn, Kostüme von Sweetheart. Wenn Agnes einkaufte, fürchtete sie schon vorher die gelangweilten Mienen der Verkäuferinnen. War ein Mädchen freundlich, kaufte Agnes rasch etwas ihr zuliebe. Daheim war sie unglücklich, hatte Schuldgefühle Peter gegenüber, weil sie sinnlos sein Geld ausgab.

Nie würde sie lässig aussehen wie Iris. Selbst wenn sie deren Sachen anprobierte. Schnell riss sie alles wieder herunter. Iris war ungeduldig, fast böse geworden: »Herrgottnochmal, du könntest so toll aussehen. Jetzt hab halt mal ein bisschen Mut. Wenn du dir noch länger einredest, dass dir nichts steht, dann glauben es die anderen auch. Dabei bist du genauso hübsch wie all die Zaubermäuse in der ›Distel‹ ...«

Nein, in die »Distel« mochte Agnes jetzt nicht fahren. Sie wollte heim. Zu Alex. Es ist halb zwei. Aschermittwoch. Und Agnes spürt, dass sie im »Fallmereyer Hof« offensichtlich zu rasch ein paar Gläser Sekt getrunken hat. Ums Haar hätte sie eine Ampel übersehen. Es ist, als schwebe sie im Auto und das Auto mit ihr. Auch ihre Gedanken verselbständigen sich, hüpfen in ihrem Gehirn herum wie das bunte Konfetti, das sich in Agnes' Haaren und Kleidern eingenistet hat.

Am Romanplatz ist die Ampel rot. Agnes fährt neben einen schwarzen Mercedes aus Karlsruhe. Der Mercedes gehört einem Bestattungsinstitut, und Agnes sieht den Sarg hinter der Glasscheibe. Vorn neben dem Fahrer sitzt die Witwe. Sie ist blond, hat frische Dauerwellen. Sie spricht lebhaft mit dem Fahrer. Der kennt das, kennt Witwen. Diese hat ein Streifenkleid an. Schwarzweiß gestreift. Schwarz muss sein – aber nicht ganz schwarz. Ein bisschen weiß lässt doch hoffen. Der Fahrer kennt die weißen Streifen, Blümchen, Kragen und Knöpfe auf schwarzen Kleidern. Er kennt die Witwen und die Toten. Der da hinten hat sich davongemacht. Sah richtig erleichtert aus in seinem Sarg. Irgendwie. Wohl ein bisschen bestürzt, ja. Die Frau wird ihn geschafft haben. Die hört ja überhaupt nicht auf zu reden. Man soll ja Toten nichts Schlechtes nachsagen, aber ..., sagt sie dauernd. Und den billigsten Sarg hat sie genommen und das billigste Hemd. Er merkt es ja doch nicht mehr, sagt sie.

Agnes sieht, wie der Fahrer manchmal nickt. Jetzt schaut die Frau zu ihr hinüber. Die Trauer ist wieder auf ihrem Gesicht.

Agnes versucht, sich den Toten in seinem Sarg vorzustellen. Sie hat das Gefühl, er wäre ihr sympathisch gewesen. Sie stellt sich vor, dass er sich jetzt vergnügt eins pfeift, ungestraft sozusagen. Jetzt haltet ihr sie mal aus, jetzt lasst ihr euch mal schikanieren. Mich geht das alles nichts mehr an. Nie hätt ich gedacht, dass Totsein so leicht ist. Und so schön. Was die beiden da vorn reden, soll mir egal sein. Klingt richtig angenehm, so gedämpft durch meinen Deckel. Was hat mich das alles früher genervt. Dauernd an mich hingemeckert hat sie. Nichts konnte ich ihr recht machen. Nicht am Tag und nachts auch nicht. Scheißleben. Bloß Arbeit und Gemecker. Und Lärm – überall Krach. Ach, ist das jetzt schön, die Fahrt in meinem Sarg. Ein Gleiten und Schwingen, es hebt mich und senkt mich. Vielleicht baut der da vorn sogar einen Unfall. Menschenskind, ich würd mich totlachen. Totlachen. Zum Brüllen. Ich bin doch tot, Menschenskind! Vielleicht würde mein Sarg rausgeschleudert und ich läg auf dem Gehsteig mit meinem Papierhemd und dem Rosenkranz. Ach du liebe Zeit. Mensch, du da vorn, fahr doch mal gegen einen Baum! Das wär ein Spaß, endlich mal ein richtiger Spaß in meinem Leben. Verdammt, ich kann mich noch nicht so richtig ans Totsein gewöhnen. Ich bin ja auch erst seit zwei Tagen tot. Mensch, wenn ich gewusst hätte, wie lustig Totsein ist!

Agnes kann sich ihren Tod nicht vorstellen. Alexander hält sie mit seinen dicken Kinderhänden im Leben. Oder ist das eine billige Ausrede? Hängt in Wahrheit sie am Leben und schiebt Alex vor? In letzter Zeit zweifelt Agnes oft an ihrem Lebenwollen. Immer dann, wenn die Unruhe kommt, die Rastlosigkeit, ihr Unvermögen, Stille auszuhalten. Wenn sie in ihrer Wohnung plötzlich nur Großmutters alten Regulator ticken hört, wenn Peter in der »Distel« spielt – oder, wie heute, so fest schläft, dass er die gefährliche Stille nicht mit Leben erfüllt, wenn Agnes' Fahrten durch die Stadt ihr helfen müssen, sie ablenken müssen von ihrem Zustand, für den sie keinen Namen weiß.

Autofahren, kuppeln, schalten, Gas geben. Sich auf Tätigkeiten konzentrieren. Gedanken, Augenblicke zurückholen. Den Faschingsdienstag holt Agnes oft zurück. Hilfreicher Faschingsdienstag. Das sah stark aus, wie du dem Kerl deinen Rock zum Abtrocknen hochgehalten hast, sagt Iris.

Iris, hilfreiche Iris. Agnes fährt jetzt durch die Hohenzollernstraße und sieht, dass Iris noch Licht hat. Also ist sie wach. Vielleicht ist Robert bei ihr. Mein geklautes Glück, sagt Iris. Robert ist verheiratet.

Agnes ist manchmal verwundert darüber, dass sie mit

Iris befreundet ist. Auf einer Kreuzung bei Grünwald hat sie Iris die Vorfahrt genommen. Iris war in der Dämmerung ohne Licht gefahren, und Agnes hatte den staubgrauen Volkswagen nicht gesehen. Leichter Blechschaden am hinteren Kotflügel von Iris' VW. Beide hatten einen Fehler gemacht, waren sich einig, und seither sahen sie einander oft. Agnes fürchtete den Tag, an dem Iris klar wurde, dass sie ein Fass ohne Boden war, in das Iris hineinschütten konnte, so viel sie mochte, es wurde nicht voll und gab nichts zurück.

Iris war für Agnes die Tür zum Leben. Dieser Gedanke war ihr so gekommen, wie ihre Gedanken alle kamen. Nur dazu da, sie bei Mutter noch mehr in Verruf zu bringen. An Lores Geburtstag sang Evelyn Künnecke im Fernsehen. Eine üppige, blonde Frau um die fünfzig, Tochter eines berühmten Komponisten, die durch ihr eigenwilliges Leben vielleicht mehr als durch ihre Chansons bekannt war. Agnes mochte die Sängerin. Die ist so alt wie ich, erklärt Mutter. Und prahlt doch wahrhaftig damit, dass sie mehr als hundert Liebhaber gehabt hat! Dieses Ross, sagt Lore angewidert. Aber wirklich, sagt Karli, Lores Mann. Er schweigt meistens, wenn alle bei Mutter zum Essen eingeladen sind. Als Landvermesser hat er mit Flächen zu tun. Mit der Weite unter dem Horizont. Da sind ihm Worte zu viel. Agnes sieht das ein und bewundert Karli, der mit seinem »aber wirklich« Mutter und Lore bewältigt. Mehr wird von Karli nicht erwartet. Das muss schön sein, denkt Agnes. Einer kann sich mit zwei Worten sein ganzes Leben einrichten. Agnes muss diese Worte für Mutter und Lore noch suchen. Als Mutter die Fernsehzeitung mit dem Bild Evelyn Künneckes zeigte, sagte Lore leise: widerlich. Agnes sagte, wenn man durch ihr Gesicht hindurchschaut – sie wollte sagen, dann sieht sie aus wie ein verlassenes Kind. Sie sagte den Satz aber nicht zu Ende, so gewitzt war sie jetzt schon. Sie hatte Peters warnenden Blick gesehen und Lores Mundwinkel. Mutter hatte nicht zugehört, sie war mit den hundert Liebhabern von Evelyn Künnecke beschäftigt.

Später fragte Agnes Peter, ob es einen Unterschied mache, hundertmal mit demselben Mann zu schlafen oder je einmal mit hundert verschiedenen. Wenn du zur zweiten Version noch zurechtkommen willst, sagte Peter, musst du dich ranhalten.

Agnes hatte nur mit Peter geschlafen.

Aber das mit dem DurcheinGesichtdurchschauen, das ging ihr nicht aus dem Kopf. Sie hatte es gestern erst gelesen. In einem Buch, das ihr gewogen war. Ihr Verstand reichte dafür aus. Das machte sie glücklich. Vor allem ein Satz war da, den musste sie sich immer wieder zurückblättern, um sich zu vergewissern, dass dieser Satz wirklich aufgeschrieben war. Xaver sagte über seine Frau: »Dass sie nicht so schön war, das war das Schöne an ihr. Aber wirklich. Unendlich schön war das.«

Ob mein Mann das auch über mich denkt, fragte sie sich. Wenn er doch auch fände, dass es das Schönste an mir ist, dass ich nicht schön bin. Das müsste mal ein Mensch über mich sagen: Dass sie nicht so schön war, das war das Schöne an ihr. Nie hat ein Mann Schöneres über seine Frau gesagt. Hinter diesem Satz könnte Agnes alle Schminkutensilien ablegen, das morgendliche Erschrecken über ihr Nachtgesicht. Sie könnte sich abfinden mit ihren kurzen Beinen, den jämmerlichen Haarsträhnen.

Ich finde mich beschissen, sagt Iris. Iris ist schön. Einen Meter achtundsiebzig groß. Wenn Agnes einen so trotzigen, starken Mund hätte wie Iris, würde sie sich alles zutrauen. Agnes kann ihren schmalen Mund nie ruhig lassen, wenn jemand hinschaut. Weil er so verkniffen ist, so elend. Sie zieht mit Vorliebe die Wangenhaut zwischen die Zähne, damit keiner ihren Mund richtig sieht. Schon als kleines Mädchen hat sie auf Fotos immer die Stirn gekräuselt, den Mund verschoben, den Kopf gesenkt. Überzeugt, dass sie in Ruhestellung eine Zumutung wäre. Wenn Iris schläft, springt ihr Mund aus dem Gesicht heraus, ist da. Bedienen Sie sich, schauen Sie, ich bin ein Mund. Agnes ist überzeugt, dass sie im Schlaf keinen Mund hat. Als Kind übte Agnes immer Schlafen. Sie legte sich so und so hin, gab durch Lächeln oder Pfeifen ihrem Mund eine Form und stellte sich vor, dass jemand sie betrachte.

Agnes kannte keine Frau, die sich schön fand. Iris verfluchte ihre Oberschenkel. Selbst Lore erwog hin und wieder die Möglichkeit einer Nasenoperation. Ein Thema – vielleicht das einzige? –, in dem sie sich nicht einig war mit Mutter. Agnes möchte alles an sich verändern.

Sie vermied es möglichst, in einen Spiegel zu schauen. Nicht nur, weil sie durch ihr Spiegelbild entmutigt wurde. Nicht nur, weil Großmutter oft gesagt hatte, es sei hoffärtig, in Spiegel zu schauen. Sie hatte Scheu vor sich selber. Nach Alexanders Geburt hatte ein Gynäkologe, der sie untersuchte, gefragt, ob sie schon mal ihren Unterleib angesehen habe. Ihr verlegenes Staunen! Darauf wäre sie nie gekommen. Mit mühsamer Sachlichkeit (weil ihr vor dem Arzt plötzlich ihre Körperfremdheit lächerlich wurde), mit vorgetäuschtem Gleichmut schaute sie im Spiegel das seltsame rosafarbene Gebilde an, das ihre Scheide war.

In einem Buch las sie über eine Frau, dass sie eingezwängt sei in ihren Körperbau, der ihr wie ein verlassener Palast erschien, in dem sie nur die Kellerräume bewohnte.

Das leuchtete Agnes ein. Und es schien ihr, als bewohne sie, Agnes, auch nur die Abstellkammern ihres Körpers.

Die Scheu vor ihrem Körper. Ihre Angst vor Spiegeln. Vor allem dann, wenn sie allein war. In den Spiegel hineinsah und sich selber immer fremder wurde, bis sie spürte, dass sie weglaufen musste.

Agnes wusste nicht mehr, wann das begonnen hatte. Wann das Hineinfallen in sie selbst begonnen hatte. Wann hatte sie die Angst zum ersten Mal empfunden, die aus ihr ein amorphes Wesen machte, ein Gebilde, das niemandem glich, sich nirgends finden konnte.

So angestrengt sie in ruhigen Tagen auch horchte, in sich hineindachte und sich erinnern wollte – sie fand den Ursprung, den Beginn ihrer Angst nicht. Manchmal dachte sie, dass die namenlose Traurigkeit begonnen hatte mit Mamas Tod.

Agnes war aus der Schule gekommen. Sie hatte den geteerten Schulhof überquert, war durch die dunkle Gasse zwischen Sickerlings Textilgeschäft und Valberts Bäckerei auf die Hauptstraße gelaufen. Neben Stremmes Hotel und dem Stadtbrunnen wohnte Agnes. Es läutete Mittag. Die Sonne schien.

Hinter der halb offenen grünen Tür sah sie schon die dämmerige Kühle des Flurs. Da kam Tante Schneider aus der Tür gekeucht. Sie sah Agnes und sagte im Laufen »ach Gott, Kind«. Agnes tappte blind die Holztreppe rauf, stolperte über die Stufen zum kleinen Flur, stand vor Mamas Bett. Mama bekam keine Luft, sie hatten ihr das Kleid aufgerissen oben, ihre Augen standen weit heraus aus den Höhlen, sie hatte Schaum vor dem Mund.

Agnes konnte nicht denken.

Die schnellen Schritte auf der Treppe. Der Doktor brüllte, warum schickt denn keiner das Kind weg? Sie schoben Agnes raus, weg von Mama. Milla Thonet schob ihr wortlos ihr neues Fahrrad hin. Agnes fuhr. Strebte mühsam die bucklige Hauptstraße hinauf, trat fest in die Pedale. Trat gegen das Entsetzen an, das wie ein Kloß in ihrem Hals saß. Sie fuhr und sah Tante Bockemühl vor dem Gasthaus. Immickers Karl rief ihr etwas zu. Das Feuerwehrhaus lag so weiß in der Sonne, doch es war fremd. Vor Ohrendorfs Haus saß Berta auf der Bank wie alle Tage, in Helmes Metzgerei hing Blutwurst und Schinken. Agnes fuhr jetzt leichter auf der Teerstraße, nahm in die Senke Ochels Haus mit hinab und Tante Kamp, die ihre Kinder zum Essen rief. Jetzt ging es wieder leicht bergan, und sie mühte sich, ihrer Angst davonzufahren. Durch die Vellmicke fuhr sie, wo sie schon nicht mehr alle Leute so gut kannte wie in der Oberstadt. Hier lag der Garten. Gestern hatte sie mit Mama Erdbeeren gepflückt. Iss nicht so viele, nachher wird dir schlecht. Mama. Was war mit Mama. Mama war immer so leise. Anders als Großmutter, die oft mit Agnes schimpfte. Mama sprach wenig mit Leuten.

Nur mit sich selbst sprach sie oft. Agnes hörte es immer, wenn Mama in der Küche arbeitete oder Betten machte. Immer sprach sie mit jemandem. Früher hatte Agnes mal gefragt: Mami, mit wem sprichst du? Da war Mama erschrocken, hatte geweint.

Agnes wollte zu Mama. Als sie wieder aufs Rad stieg, kamen sie ihr schon entgegen. Komm nach Hause, Kind. Sie hatte nicht weinen können, obwohl alle weinten. Agnes spürte das Weinen schmerzhaft in der Kehle. Aber es wollte nicht heraus.

Das Kind begreift es noch nicht, sagten sie.

Auch später konnte Agnes nur im Traum weinen. Ihre Träume waren immer gleich. Die alte Schule mit den gelben Backsteinen, die Straßen der Oberstadt und Mama. In ihren Träumen lebte Mama, und Agnes konnte mit ihr sprechen. Wusste auch im Traum, dass Mama tot war. Und deshalb weinte Agnes im Traum. Ein Weinen, das ihren Körper erschütterte, schwindlig machte und überall wehtat. Agnes spürte im Traum jeden einzelnen Finger ihrer Hände, in die sie den Kopf vergrub.

Aus diesen Träumen fiel sie manchmal in ihre Angst. Vielleicht war diese Angst schon immer in ihr gewesen? Sie war da, wenn der Tag zu Ende ging. Wenn mit der Dunkelheit Trauer kam. Bangigkeit. Manchmal fasste die Angst fest zu, griff ihr in den Nacken, wenn ein Weg dunkel war oder wenn Stille ihr plötzlich bewusst wurde.

An dem Samstagnachmittag hatte die Angst sie zum ersten Mal brutal angegriffen. Agnes saß auf dem Balkon und lackierte ihre Zehennägel. Sie sah ihre Füße auf dem geblümten Kissen der Sitzbank. Auf dem Boden vor ihr hockte Alexander. Agnes sah auf die beiden Wirbel, die Alexanders Haare auf dem Hinterkopf bildeten. Menschen mit zwei Wirbeln leben nicht lange. Wer hatte das zu ihr gesagt?

Sie sah Peter, der mit seiner ›Süddeutschen‹ unwillig nach den Fliegen schlug, sie sah auf die nahe Straßenkreuzung, auf den Kiosk. Die Verkäuferin räumte den Gemüsestand ab, fegte Kohl- und Spinatblätter zusammen.

Sie sah es, hatte es schon oft gesehen. Doch heute wich alles von ihr zurück, glitt ab, trennte sich auf infame Weise endgültig von ihr. Der Kiosk, das Bankgebäude lässt sich nicht halten, Peter, der Zeitung liest, das spielende Kind – Kulisse, Puppen, die sich bewegen. Ja, auch Alex gehört ihr nicht mehr. Das Balkongitter kann ihren Sturz nicht aufhalten. Sie spürt das Metall, als sie sich festklammern will, sie spürt es kalt und hart, aber sie kann sich nicht festhalten. Es ist, als umgäbe sie Glas, als sei sie eingeschlossen in eine gläserne Hülle.

Sie will da raus, raus, nur weg. Sie hockt sich eng zu Alex, komm, wir spielen Verkehrsunfall, ja? Gib die Klötze, hier, schau, das ist die Schule, das Kaufhaus – schau, Alex, ich komm jetzt mit dem Mercedes aus der Hauptstraße, du rammst mich mit deinem Opel, ja, krachwumm!!!! Tatütatatatütata!!! Das Kind freut sich, und Agnes schämt sich dafür, aber die Verzweiflung ist größer: was ist mit mir? Meine Stimme, was ist das für eine Stimme? Ich will weg hier, muss weg hier, raus, irgendwas machen! Peter, bitte, lass uns mit Alex zu den Pferden gehen, ja?

Die beiden haben keine Lust. Ich möcht jetzt lesen, später vielleicht, sagt Peter. Eilig der Kleine: Unfall spielen, Spazierengehen ist blöd.

Die verdammte Unruhe. Agnes geht von einem Zimmer ins andere. Im Gang der Spiegel. Was ist das nur? Das bin doch ich. Ich!!! Was ist das für eine verdammte Angst. Meine Augen, goldene Sprenkel, sagt Peter manchmal, Alex hat meine Augen. Haltet mich, helft, ich falle ... Der Schweiß bricht ihr aus. Das Herz klopft im Hals.

Peter, hol mich raus, halte mich! Sie rennt hin zu ihm, unter seiner ›Süddeutschen‹ hockt sie und umschlingt seine Knie.

Was machst du denn da? Peter faltet die ›Süddeutsche‹ zusammen. Streicht Agnes übers Haar. Komm, steh auf, Spatz, ich muss was tun.

Peter geht in den Keller. Gleich kommen Sigi und Jochen, Joko genannt. Sie üben im Keller. Sitzen in ihrer Musik wie in einem hochwandigen Topf. Diskutieren, streiten, sind freundlich-ungeduldig, wenn Agnes gelegentlich fragt, ob es denn läuft. In ihr ist heißer Neid. Die drei da mit ihrem Schlagzeug, ihrer Gitarre, ihrem Klavier, ihrem Vibraphon leben auf einer Insel, zu der sie nicht schwimmen kann. Peter gehört zu Sigi und Joko, mehr als zu ihr. Mit ihnen kann Peter sich konzentrieren, kann hoffen, kann träumen. O ja, sie sieht, sie weiß, dass sich die drei auf die Podien großer Konzerthallen träumen. Dass sie sich eingetaucht sehen in heißes Scheinwerferlicht. Tausende sitzen oder stehen im Halbdunkel, klatschen, toben. Wie beim Jazzfestival in der Olympiahalle. Agnes sitzt neben Peter, vor ihnen hocken Sigi und Joko. Ihr Versuch, teilzuhaben. Ihre Hand auf Peters Cordsamtschenkel, der Geruch seiner Jacke. Auf der Bühne sitzen Chick Corea und Herbie Hancock am Flügel. Peters Klaviergesicht. Peter ist alle beide, Herbie und Chick. Manchmal vergisst er das Atmen, scheint ihr. Stärker als ihre Abwehr gegen Peters Klaviergesicht ist ihr Mitleid mit ihm. Sie weiß doch, dass Peter jetzt da oben sitzt, dass ER Albert Mangelsdorff begleitet. Warum hat sie Mitleid mit den Träumen der drei Endzwanziger?

Die Illusion des Einsseins, als alle Zuhörer mit Herbie und Chick präzise Latin-Rhythmen klatschen: linke Seite Halle gegen rechte Seite Halle. Klappt, klingt schön. Teil eines schönen Ganzen sein.

Agnes weiß, dass sie unter diesen Tausenden nur zu den Mitklatschern gehört. Dass sie von Jazz nichts versteht, Seichtes von Ambitioniertem nicht unterscheiden kann. Sie bringt wieder einmal nichts mit als den Willen, begeistert zu sein. Aber sie wird ihre Irrtümer wenigstens nicht durch Klatschen, Stampfen oder Bravorufe an den Pranger stellen. Und so schaut sie erst mal verstohlen zu Peter, ob sie bei Woody Hermans Big Band klatschen kann. Nein, lieber nicht, Joko sagt was von hohlem Spiel oder so. Warum klatschen dann aber alle? Darf sie denn wenigstens bei Dizzy Gillespie trampeln? Sie ist von den Backen des Trompeters entzückt, die sich aufblasen wie zwei kleine braune Ballons. Sie möchte sie für Alexander mitnehmen.

Am Schluss hat sie es geschafft. Sie hat nie geklatscht, wenn im Programm ein Flop war, und sie hat mitgekriegt, als Sigi sich bei Peter beschwerte, dass die da vorn Artisten, aber keine Jazzer seien. So hielt sie sich mit abweisendem Gesicht zurück. Sie gehört zu den Kennern. Feiert mit bei einem Fest, einem Jazz-Festival, das auch Nichteingeweihte wie Agnes mitschwimmen lässt auf der Woge von Begeisterungswillen.

Es ist halb vier in der Nacht, als sie durch regenfeuchtes Gras zum Auto gehen. Die Luft riecht so gut nach dem staubigen Lärm der Halle. Agnes hat den Arm fest um Peters Hüfte gelegt. Sie ist müde und glücklich zugleich vom Einssein mit den Tausenden. Über ihren Kopf hinweg gestikuliert und diskutiert Peter noch weiter mit Sigi und Joko, sie hört was von Schmäh und amerikanischer Gebrauchsware, von Mangelsdorffs anspruchsvollen Figurinen, und es ist ihr egal. So schöne feuchte Luft. Peter.

Sie kann Peter nicht ihre Angst aufbürden. Peter hat so viel am Hals, sagt Mutter. Peter hat so viele Träume. Agnes weiß, dass er darunter leidet, dass die Gruppe nicht herauskommt aus der »Distel«. Es fehlt an Geld für Instrumente, es fehlt an Zeit zum Arrangieren, Komponieren, Texten. Wenn Agnes doch auch arbeiten würde, sagt Mutter. Mutter meint es gut. Sie rechnet durch, wie viel mehr Einkommen Agnes und Peter hätten. Fast tausend Mark im Monat, errechnet Mutter.

Hätte Agnes einen Beruf wie Lore, ja dann. Lore ist Schneiderin. Sie war auf der Modeschule. Es ist wichtig für Mutter, dass Lore auf der Modeschule war. Lore steht auf eigenen Füßen. Sie entwirft ihre Modelle selbst, sagt Mutter.

Agnes ist Telefonistin. Sie kann nur in einem großen Büro Geld verdienen. Warum tut sie es dann nicht? Mutter und Lore wollen doch Alexander gern versorgen. Sie lieben das Kind über alles. Es würde ihm an nichts fehlen.

Oft und oft haben sie es Agnes gesagt. Alle drei, Peter, Mutter, Lore haben es ihr geduldig erklärt. Karli sollte mithelfen beim Erklären. Er hatte aber nur mit den Schultern gezuckt. Agnes war ihm dankbar, dass er diesmal nicht »aber wirklich« sagte.

Sie hatte alle feindlich gefunden. Mutter, Lore, auch Peter.

Aber diesmal, eigentlich zum ersten Mal, war sie fest entschlossen. Sie würde den Jungen nicht Mutter und Lore überlassen.

Dieses Selbstverständnis, diese Entschlusssicherheit war für sie neu. Sie war erfüllt davon, lief tagelang herum und suchte alles in einen Satz zu fassen. Einen Satz, den sie Peter, Mutter und Lore sagen konnte. So wie Karli »aber wirklich« sagte, so abschließend. Aus. Ende. Amen. Keine Diskussion.

Irgendwann hatte sie diesen Satz. Er blieb zurück aus tagelangen stummen Streitgesprächen, die Agnes in innere Erregung versetzten. Schließlich war er komplett, der Satz. Agnes konnte sich an jedem Wort festhalten, sie übte wieder und wieder: Wenn ich Alex verlassen soll, dann müsste ich alle meine Instinkte morden.

Sie wusste, dass dieser Satz für sie zu groß war. Dazu hätte sie nicht Peters ungeduldiges Naja-Gesicht sehen müssen, nicht Mutters verzogene Mundwinkel: was faselt sie wieder für ein Zeug. Und Lore fand sogar Worte.

Wenn Mutter euch nicht so billig wohnen ließe, könntest du nicht von Instinkten reden.

Agnes wusste, dass es jedes Mal lächerlich klang, wenn sie ihre Gedanken aussprach. Du hast so verquere Ideen, hatte die Großmutter früher zu Agnes gesagt, hör auf damit, du machst mich nur zornig. Und Agnes hütete sich, seit sie denken konnte, ihre Empfindungen, ihre Gefühle auszusprechen. Weil sie nichts mehr verabscheute als das leise mitleidige Lächeln: Wasweißtdennduschon. Peter sagte manchmal: Ich mag deine Spinnereien, aber manchmal übertreibst du.

Deshalb weigerte sie sich auch diesmal, mehr zu sagen als ihren gestohlenen Satz, der, das wusste sie, in den Augen der anderen lächerlich an ihr herumhing wie ein viel zu großer Mantel. Für Alexander, dachte sie mit ruhiger Zufriedenheit, für Alexander bin ich gern euer Clown. Lacht meinetwegen über mich oder schimpft, wenn euch meine Nummer nicht gefällt.

Niemandem, nicht mal so recht sich selbst, hätte Agnes erklären können, was das ist. Das zwischen ihr und Alex. Das hatte vor vier Jahren mit Alexanders Geburt begonnen und wuchs.

Es wuchs, seit Alexander sich herausgequält hatte aus ihr. Seit er sich mit unsäglicher Mühe, Stunde um Stunde, ans Licht hervorgearbeitet hatte. Ihrer beider Qualen waren identisch. Wie ihrer beider Schrei, als die Geburt geschehen und weit und breit keine Seligkeit zu finden war. Alexanders Qual breitete sich aus auf seinem geschundenen Gesicht. Agnes lag in einem tiefen Graben der Erschöpfung.

So wird es immer sein, dachte Agnes. Wozu habe ich ihn geboren, wenn ich ihn allein lasse?

Doch als Alexander schrie, schrie auch Agnes. Jedenfalls schien es ihr so, weil die Anstrengung so groß war. Freundlich gaben sie ihr das Kind. Alexander hatte noch die Nabelschnur, er gehörte Agnes, Blut von ihrem Blut.

Jetzt schrie er nicht mehr. Öffnete die Augen. Meine Augen, sah Agnes. Sie ließ sich von der Bläue nicht irremachen. Alexander sah seine Mutter an. Agnes sah ihn an. Ich bin deine Mutter. Mein Leben ist deines. Ich bin mit dir verwandt. Alexander ist mein einziger Verwandter, dachte sie. Peter. Er ist auch mit Alex verwandt. Aber sie, Agnes, hat Alex geboren. Freude, eine Art Triumph ballt sich wie zu einem Kloß zusammen in ihrem Hals. Alexander und ich. Mutter und Kind. Mutter und Sohn. Unaussprechliche Freude, die sofort überschattet wird von ihrem Gewissen. Sie weiß, dass sie Peter ausschließt.

Freu dich nicht zu früh. Die Strafe folgt auf dem Fuße.

Wenn es sein wird wie bei Peter und Mutter?

Mutter möchte Peter oft streicheln. Übers Haar. Nur mal so, ganz verstohlen. Oder bei Tisch legt Mutter kurz die Hand auf Peters Arm. Agnes sieht, wie Peter sich jedes Mal versteift. Warum magst du es nicht, wenn Mutter dich anfasst?

Peter kann es nicht erklären, will es auch nicht. Ich kann es nicht aushalten, sagt er.

Wird Alexanders Rücken sich auch versteifen, wird er sich auch verstohlen, aber umso endgültiger, losmachen von ihr?

Nein, niemals! Ich bin ja nicht wie Mutter. Agnes schafft für sich und Alex eine Insel: Nein, sie ist nicht wie Peters Mutter, sie ist etwas Niedagewesenes, eine völlig neue Konstruktion: Alexander und Agnes.

Und sie weiß, dass sie zum ersten Mal etwas allein, aus sich selbst heraus, geworden ist. Dieser Gedanke legt sich wie eine sanfte Schneedecke auf das Gestrüpp ihrer Befürchtungen. Alexanders Mutter. Ich bin wer. Ich. Aus eigener Kraft bin ich jemand geworden.

Nicht mehr irgendeines anderen Anhängsel. Bis zum sechsten Lebensjahr war sie Mamas Tochter gewesen. Ohne eigene Gedanken, ohne eigene Taten, ohne eigene Wünsche. Wenn Agnes Wünsche gehabt hatte – Mamas Augen unter den seltsam starren, dichten Wimpern machten Agnes gefügig. Mama weinte leicht, wenn Agnes ungezogen war. Nach Mamas Tod war Agnes Großmutters raschen, oft hart zuschlagenden Händen gefügig. Meine Enkeltochter. Du verdienst dir den Himmel an dem Kind, hatten sie gesagt, denn Agnes war oft krank gewesen. Agnes war dankbar, zuerst Mama, dann Großmutter und jetzt Peter. Denn Peter heiratete sie und gab ihr dadurch einen Wert. Peters Frau hieß dieser Wert. Mamas Tochter, Großmutters Enkelin, Peters Frau, Alexanders Mutter. Gab es da einen Unterschied?

O ja! Diesmal ließ sie sich nicht überlisten. Das war ein Unterschied! Dieser Unterschied machte ihr Leben aus.

Sie hatte es sich nicht gewünscht, Mamas Tochter zu werden. Ebenso wenig wie sie dann Großmutters Enkelin und schließlich Peters Frau werden wollte. Keinen dieser Werte – und sie zweifelte inzwischen heftig an, dass eines dieser Besitzverhältnisse ein Wert war – hatte sie sich zu Eigen machen können. Wie es auch gekommen sein mochte, sie hatte das Gefühl, ihr bisheriges Leben habe sie am Denken gehindert.

Erst jetzt, seit Alexanders Geburt, kann sie denken. Dieser von ihr ohnehin als Anmaßung empfundene Gedanke hat auch feindselige Verästelungen. Wie, wenn Alexander sich nun gleichfalls nicht wünscht, ihr Sohn zu sein? Wie, wenn er, der ja nicht Mutter werden kann, sich niemals als eigenen Wert anerkennt?

Sie weiß nicht, woher sie die Sicherheit nimmt, mit der sie Alexander schwört, dass sie es ihn lehren wird, seinen eigenen Wert zu erkennen. Ich werde dir sagen, Kind, wie schön du bist. Gleich von der ersten Sekunde an werde ich dir sagen, wie gut dein Kopf geformt ist, wie unvergleichlich deine Nase, wie einzigartig geschwungen dein Mund. Wie jedes Haar in besonderem Wirbel seidig auf deinem Kopf liegt. Wie deine Haut aus Seide, ohne sichtbare Poren ist. Wie die Brauen im Bogen fein gezeichnet sind, wie im Schlaf deine langen Wimpern zitternde Schatten werfen.

Ich werde dich mir nicht gefügig machen, Alexander. Genau hinhören will ich auf dich, hinschauen, was für ein Mensch du bist. Du sollst nicht neben mir leben, so wie ich neben dem Leid meiner Mutter lebte; leise, ihre Tränen, ihre Selbstgespräche nicht zu stören. Du sollst mir keine Mühsal sein, lästiges Erbe, wie ich es meiner Großmutter war. Du sollst mir auch kein Vogel sein, der ins Nest fällt, so wie ich deinem Vater ins Nest gefallen bin, weil er durch meine Schwäche Stärke spürte. Nein, Alexander. Ich will immer abrücken von dir, obwohl ich dich an mich binden möchte. So wie ich dich auf den Hüften trage, so möchte ich dich Tag und Nacht bei mir haben. Solange du und ich leben. Ich weiß aber, das wäre nicht recht getan an dir. Ich muss abrücken, loslassen, damit du Luft bekommst zum Atmen. Damit du groß werden kannst und dich entwickeln. Damit du nicht verkrüppelst. Ich will abrücken von dir, damit ich dich sehen kann.

Agnes weiß, das alles kann sie niemandem sagen. Niemandem. Niemals. Sie kann auch niemandem sagen, welche unnennbare Freude sie spürt, wenn sie ihr Kind durchs Haus trägt. Dass sie nicht verzichten will auf die Augenblicke tiefen Einsseins mit dem Kind, wenn sie es badet und stillt. Wenn sich die seltsam kühlen dünnen Händchen fest um Agnes' Finger klammern. Wenn Agnes die lächerlich kleinen Hemdchen über den hilflosen Körper streift, das baumelnde Köpfchen in der Handhöhle fühlt. Liebe.

Sollte sie ihr Kind Mutter überlassen? Sie wusste, dass Mutter Peter früher gestraft hatte, wenn er Fensterscheiben bemalte. Oder an der Hauswand Ball spielte.

Sollte sie bei Siemens mit fremden Leuten telefonieren, während bei ihr daheim Wunder geschahen? Wenn Alexander, in seinem Bettchen mit den Händen spielend, ihr mit den Augen folgte. Alexander. Alex.

Die Tragödien, wenn Alexander sich erkältete, nahezu erstickte vor Atemnot. Wer anders als Agnes konnte ihn beruhigen, ihn wiegen, stundenlang, bis Alex erschöpft in einen unruhigen Schlaf fiel. Wie sollte sie da weggehen und irgendwo auf bunte tote Knöpfe drücken?

Agnes wusste, was die drei von ihr hielten. Muttertier, sagte Peter oft, und sie fühlte seinen Zorn hinter der Ironie. Eine Zeitungsweisheit lehrte sie: Gerade Frauen aus der Unterschicht mit mangelnder beruflicher Perspektive sehen im Kind oft die einzige Form der Selbstverwirklichung. Sollten doch alle schreiben oder sagen, was sie wollten. Das eine wusste sie: auch wenn sie Marie Curie wäre oder Brigitte Bardot, sie würde Alexander niemals verlassen. Hätte sie nur genügend Mut, so würde sie mit einem Pamphlet durch die Welt laufen: Mütter, verlasst eure Kinder nicht! Wer, wenn nicht ihr, die ihr sie geboren habt, soll denn geduldig sein, lieb, warm, sanft. Wer soll denn die Angst aus dem Gebrüll heraushören, das Flehen um Wärme, um Zärtlichkeit: Komm zu mir, nimm mich ganz nah zu dir, ich bin allein, ich fürchte mich in all den Geräuschen, die ihr macht.

Warum soll die Mutter ihren Platz räumen, auf den sie ihr Leben lang gewartet hat?

Agnes hatte einmal einen Film gesehen über die UdSSR. Dort gaben junge Mütter ihre Babys morgens im Kindergarten ab. Lieb aussehende Kindergärtnerinnen nahmen die Kleinen in Empfang. Agnes hatte das Gefühl, dass die Frauen es gut mit den Kindern meinten. Und doch erschienen ihr die Kinder unglücklich, unfroh, nicht verstehend. Keine der Mütter lächelte.

Ich gehe trotzdem nicht weg, dachte Agnes deshalb jedes Mal, wenn Peter schimpfte, weil kein Geld da war. Alles, was Alex brauchte, war teuer. Babynahrung, Kinderwagen, Kleidung, alle Sachen wurden teurer, je größer Alexander wurde.

Und wie sie den Jungen verzieht, unbegreiflich. Erst neulich hatte Mutter wieder Grund, an Agnes zu verzweifeln. Nachmittags regnete es, Alexander wurde von Langeweile durch die Zimmer getrieben. Solangsoweilig, schimpfte er vor sich hin. Plötzlich wollte er unbedingt mit Agnes zum Schwimmen. Ins Hallenbad. Doch diesmal war sie zu müde. Traute sich nicht zu, den wasserglitschenden Alex zu bewältigen. Die beiden einigten sich auf ein Badefest daheim. Alex war ruckzuck aus den Kleidern, schüttete Badezusatz in Mengen ein. Agnes musste auch mit rein in die Wanne.

Alex setzte ihr eine Krone aus Schaum aufs Haar, machte sich und ihr einen Bart. Sie hätte den glücklichen Kerl fressen mögen mit seinen wasserverklebten Wimpern. Wird einer, der sein wassernasses Kind geküsst hat, das je vergessen? Lebensfreude. Ihr Schuldgefühl: sie spielt zu wenig mit dem Jungen.

Bald ist der Schaum weg, Alex beginnt jetzt zu plantschen, er spritzt wie verrückt, kreischt, fängt an, Agnes wild abzuküssen. Sie kann das glitschige Kerlchen nicht bändigen, will auch nicht, tobt und schreit mit ihm, ist für Minuten selbst wieder vierjährig.

Wie lange steht Mutter schon unter der Badezimmertür? Alex sieht sie zuerst und spritzt sie sofort nass. Mutters helle Empörung. Da merkt man doch, dass du spinnst. Und dass du dich nicht schämst, nackt mit dem Jungen zu baden.

Schuldbewusst trocknet Agnes sich, den Jungen und das Bad. Blöde Oma, sagt Alex. Da ist Mutter wieder zurück. Jetzt hat sie einen Zettel, hält ihn Agnes vor die Augen. Da, sieh dir das mal an, wenn dir das was sagt. 1263 Mark Abrechnung für Strom, Gas, Wasser. Wer zahlt das, du oder ich? Mutter hat nicht Unrecht, sagt Peter am Abend. Du verwöhnst den Jungen total.

Er schwieg aber, als er Agnes ansah. Jaja, schon gut. Du und der Alex. Das soll begreifen, wer kann. Peter hatte einfach keine Lust, über etwas nachzudenken, was ihm nicht sofort einleuchtete. Das war Peter zu kompliziert. Peters Lieblingsspruch: musst du alles locker kompensieren. Agnes schlug sofort im dtv nach. Kompensation fand sie: Ausgleichung, Aufhebung der Wirkungen einander entgegenstehender Ursachen. Aha. Wieso aha? Ich verstehe es doch überhaupt nicht. Warum sage ich immer sofort aha, selbst, wenn niemand zuhört. Muss ich mir schon selbst vorlügen, ich hätte etwas begriffen? Also weiter. Die Kompensation im Bankgeschäft kann Agnes sich schon eher vorstellen. Die im Strafrecht auch. Wenn einer dem anderen eine runterhaut und der langt sofort zurück, dann kann der Richter milder strafen oder beide Teile straffrei erklären. Auge um Auge, das leuchtet ein. Kompensation in der Psychologie: Ausgleich von Minderwertigkeitsgefühlen. Jetzt kann Agnes endlich beim Aha bleiben. Davon versteht sie viel. Ihre Minderwertigkeitsgefühle sitzen überall. In den Waden, den plumpen Händen, dem viel zu breiten Becken, dem nicht vorhandenen Busen, dem kurzen Hals, dem Doppelkinn, dem formlosen Mund, dem fahlen Haar. Wie soll sie das alles locker kompensieren? Da wäre sie Tag und Nacht beschäftigt.

Und wie soll sie Nichtbegreifen kompensieren? Wie die Ohnmacht, jeden Tag aufs Neue, wenn sie die Tageszeitung aufschlägt! Agnes beneidet Mutter, die genau weiß, wo es langgeht. Mutter wählt CSU. Lore auch. Denn: die verdammte Gleichmacherei der SPD, die wollen doch einen kommunistischen Staat. Da kann der Schmidt, so nett der auch sein mag, uns sonst was erzählen. Der mit seinem Moskau. Und dann auf den USA herumhacken. Die haben uns nach dem Krieg Carepakete geschickt. Und was haben die Russen mit uns gemacht? Mir kann der ganze Ostblock gestohlen bleiben, sagt Mutter, und Lore erklärt das: Es hat schließlich immer Arme und Reiche gegeben, und das muss es auch. Schließlich sollen doch Leute, Leute wie wir, die sich von morgens bis abends abrackern, das Geld zusammenhalten, sie sollen doch mehr haben als die Penner, die mit ungewaschenen Haaren herumlaufen und nichts tun als Reden halten, die keiner versteht. Die wollen doch auch das, was wir haben. Und noch mehr. Geld wollen die, Geld, das andere verdienen sollen. Das sieht man doch in der DDR. Wer hat denn da Geld, wer kann denn da die Westkonsumartikel kaufen? Die Funktionäre. Und die Leute auf der Straße stehen mit offenem Mund um einen Golf herum, den sie sich niemals leisten können. Nee, danke schön, sagt Lore.

Agnes beneidet Lore. Und Mutter. Sie sind morgens immer so schnell mit der Zeitung fertig. Bringen sie runter zu ihr, die jeden Tag an den Grenzen ihres Wissens anstößt. Agnes hätte so gern eine Überprüfungsmöglichkeit gehabt. Wenn Peter ihr erklärte, dass Herbert Wehner und Egon Bahr Deutschland klammheimlich aus der NATO herauslotsen wollten und damit den USA in den Rücken fielen, dann regte sie sich darüber auf. Peter sagte, dass der Kanzler ein warmes und enges Verhältnis zu Moskau habe. Das sei wieder ganz klar geworden seit Breschnews Besuch: der Schmidt ist entweder kurzsichtig oder so kriminell, dass er nicht merkt, dass uns die Sowjets neutralisieren wollen. Rausholen aus der westlichen Verteidigungsgemeinschaft. Peter sagt, Schmidt und Wehner, die wollen uns abhängen vom Westen, militärisch und politisch.

Dann las aber Agnes in der ›Süddeutschen‹, dass von Abdriften in die Neutralität seitens Helmut Schmidts keine Rede sein könne. Schmidt habe eben, wie früher auch Adenauer, gewisse Schwierigkeiten in seinem Verhältnis zu Washington. Und wenn die Opposition Schmidt unterstelle, dass er seine guten Beziehungen zu Washington aufs Spiel setze, so sollten sie sich doch mal an die Ära Adenauer erinnern, der zu Kennedy auch keine Beziehung gefunden hatte.

Was soll ich dir das in allen Einzelheiten erklären. Du kannst ruhig CSU wählen, sagte Peter.

Doch Agnes hätte viel lieber selber klar gesehen. Begriffen, was zum Beispiel in Persien vor sich ging, nachdem der Schah gestürzt war. Hatte der an den Persern vorbeireformiert? Nur in die eigene Tasche reformiert? War der Ayatollah Chomeini geisteskrank? Agnes konnte kaum mehr ein Bild dieses Greises anschauen, der die Köpfe rollen und Frauen steinigen ließ.

Was wollten die persischen Frauen? Würde die neue

Regierung ihnen tatsächlich die Gleichberechtigung geben? Agnes konnte es sich nicht vorstellen, nach allem, was sie sah und las. Viertausend Frauen waren für den Sturz des Schahs ins Gefängnis gegangen, siebenhundert wurden bei der Anti-Schah-Demonstration erschossen. Doch was ist jetzt? Glauben die Perserinnen, dass der Islam ihnen die Freiheit garantiert? Tragen sie deshalb den Schador, tragen sie ihn freiwillig? Chomeini hatte den Schleierzwang verkündet, die Aufhebung der Koedukation, worauf dreißigtausend Frauen durch die Straßen von Teheran zogen und demonstrierten: ohne die Frauenbefreiung ist die Revolution ohne Sinn.

Dann las Agnes wieder, die Politiker und religiösen Führer seien sich einig, dass der Frauenprotest aufhören müsse, dass er der Revolution schade. Und dass die Frauen gehorchten: wir müssen uns erst einmal um unser Land kümmern. Also Resignation. Agnes begreift nichts mehr vom Problem Persiens, vom Problem seiner Frauen, das doch so klar auf der Hand zu liegen schien.

Wenn Peter morgens die Tür hinter sich ins Schloss zog und Alex schlief, schien das Leben, in das sich Peter pfeifend hineinbegab, für Agnes ein unübersehbares, undurchdringliches Dickicht zu sein. Versuchte sie, sich mit Zeitunglesen einen Weg hindurchzubahnen, schlossen sich hinter ihr sofort wieder die verdornten Zweige, schmerzten, rissen Striemen, verdunkelten und verstellten ihr die Sicht. Verdammte Unwissenheit.

Selbst ihre Rettungsversuche auf die Insel, die Alexander war, gelangen nicht immer. Alexanders erste täppische Schritte in den dicken Windelhosen brachten neue Probleme. Chancengleichheit las, hörte Agnes täglich. Chancengleichheit – gleiche Chancen für alle. Hat Alexander die gleichen Chancen wie Kinder klügerer Mütter? Was kann sie Alex vermitteln, was kann er von seiner Mutter lernen? Sie dachte an den achtjährigen Til von Reimanns nebenan. Der weiß, was ein Mäandermuster ist, und malt verblüffend eindringliche Bilder. Neulich war er mit seiner Mutter in der Kandinsky-Ausstellung. Findest du, hatte er später zu Agnes gesagt, findest du, dass ich besser male als der Kandinsky? Oder Michi Ottstadt, der seinen Vater im Schachspiel schlägt, im Schulorchester Klarinette spielt und zum Fußballspielen von weitaus älteren Schülern abgeholt wird. Agnes fühlt sich anderen Müttern unterlegen.

Ihre Schuldgefühle, dass sie Alexanders Anlagen nicht richtig erkennen und schon gar nicht fördern könnte. Alex malte auch, vor allem gern mit Fingerfarben auf die Fenster. Vom Kindergarten brachte er Klebearbeiten aus Zeitungsschnipseln und Herbstlaub mit, die Agnes überraschten und beruhigten. Sie hängte die Blätter überall auf. Jedes Einzelne war ihr wertvoll.

Woher also dies verdammte ziehende Mitleid, wenn sie Alex anschaute, warum fühlte sie sich schuldig? Ja, schuldig. Sie fühlte sich unzureichend, schwach, ohne Kraft und Ideen. Offenbar war sie nur zu diesem verdammten Mitleid fähig. Besonders, wenn die Traurigkeit kam. Alex hat nicht nur eine schwache Mutter, Alex' Mutter ist anders als andere Leute.

Sie fährt jetzt an der Klinik vorbei, die weiß und ruhig im Dunkel daliegt. Das rote Kreuz vorn an den Laternen leuchtet. Im Kreißsaal oben ist Licht. Bei Alex' Geburt hatte sie auch nicht normal reagiert. Das hatten alle gesagt, und Agnes denkt wieder und wieder daran.

Die Entbindung war auch einer von ihren Irrtümern gewesen. Dabei hatte sie geglaubt, alles zu wissen. Sie hatte sich informiert, sämtliche erreichbaren Bücher gelesen. Dick-Read, Lamaze, Leboyer, alles über Schwangerschaftsvorsorge.

Ihr Triumph, schwanger zu sein. Später hatte sie gelernt, dass es ein zweifelhafter Triumph war. Weil sie versäumt hatte zu denken. Sie hatte nicht darüber nachgedacht, warum sie denn ein Kind wollte. Sie hatte es sich ganz innen gewünscht. Schon immer. Vier Kinder. Leben weitergeben. Etwas ganz Inniges herauslassen. Einen anderen, einen genau beschreibbaren Grund wusste sie nicht. Das musste sie sich zugeben. Nur eins wusste sie: Leben, so schwer es ist, so unverständlich, so mühevoll, so grausam oft, Leben war ihr vertrauter als die Vorstellung von Nichtsein. Einfach nicht da sein.

Natürlich wäre es schöner, wenn Mütter ihre Kinder vorher fragen könnten. Willst du auf die Welt, mein Kind, willst du geboren werden? Ob da die Menschheit ausstürbe?

Mama hatte Agnes auch nicht fragen können, ob sie auf die Welt wolle. Als ein Kind ohne Vater, von dem Mama nicht mal den Namen preisgegeben hatte. Hatte Mama das Recht, sie auf die Welt zu bringen?

Sie traute sich nicht, darüber nachzudenken. Es gab keine einzige Wahrheit, es gab zu viele Wahrheiten. Zu viele Für und Wider.

Wie schnell war ihre freudige Erwartung verflogen, als sie in der Klinik von einer Wehe in die andere ächzte. Lange Zeit war sie am Fenster gestanden, hatte Peters Auto nachgesehen. Es war halb zwei in der Nacht, und Peter hatte einen anstrengenden Tag vor sich. Peter wollte nicht bleiben. Ich kann so was nicht sehen, ehrlich, Spatz.

Agnes wäre jetzt gern hinterhergelaufen hinter Peter. Sie bekam plötzlich Furcht vor ihren riesigen Brüsten, die, blaugeädert, spannten und schmerzten. Der unförmige Bauch schien bedrohlich. Agnes schaute wieder und wieder aus dem Fenster. Sah sehnsüchtig dem Taxi nach, das vorbeifuhr. Laufen Sie herum, hatte die Hebamme gesagt, laufen Sie herum, solange es geht.

Agnes horchte ins Babyzimmer. Hinter den zugezogenen blauen Leinengardinen schliefen oder quäkten die Neugeborenen. Da drinnen wird bald ihr Kind liegen. Wenn sie das überhaupt jemals schafft. Fast schien es ihr jetzt unmöglich. Die Schnitte im Unterleib kamen schon häufiger. Verdammt, tut das weh! Wieder geht sie zum Fenster. Wieder fuhr ein beleuchtetes Taxi vorbei. Könnte Agnes doch mitfahren, wegfahren, abhauen hier. Sich drücken vor der Entbindung, einfach davonstehlen. Was wäre, wenn sie jetzt einfach leise hinausginge aus der Klinik? Würde es jemand merken? Das schien ihr jetzt die größte Freude: sich leise hinausstehlen, wegstehlen von den Schmerzen, die jetzt wieder messerscharf in den Rücken schneiden. Verdammt, tut das weh. Sie wusste, dass Frauen Schmerzen haben bei der Entbindung. Aber war sie deshalb darauf vorbereitet? Auf Schmerzen kann man sich nicht vorbereiten, weil man sie sich nicht vorstellen kann. Jedenfalls diese Schmerzen nicht.

Unruhe entstand plötzlich im Flur. Ein junges Paar, die Frau zusammengekrümmt, verkrampft, als tue sie jeden Schritt unter Gefahr, stützt sich schwer auf ihren Mann. Der schaut hilflos um sich. Eine Schwester kommt schnell auf Agnes zu, nimmt ihr die Uhr ab, den Ehering, das Armband. Agnes staunt. Eine andere Schwester stürzt dazu: Nicht doch, nicht diese Patientin! Beide Schwestern rennen zu der Gekrümmten. Die Frau wird, so wie sie ist, auf eine Bahre gelegt, zum OP gefahren, der Mann darf nicht mit. Verständnislos steht er da. Klimpert nervös mit seinem Autoschlüssel. Schaut zu Agnes, die immer stärkere Ausbruchsgedanken hat. Das Stehen fällt ihr schwer, die Schmerzen ziehen jetzt den Rücken hinauf.

Sie weiß nicht, waren es Minuten oder Stunden, als eine Schwester und ein Arzt aus dem OP kommen. Die Schwester hat einen Säugling, der Agnes seltsam blaufarben erscheint, im Arm. Sie verschwindet mit ihm in einem Zimmer, und Agnes meint, Klapse zu hören. Auf jeden Fall ertönt bald jämmerliches Quaken. Der Mann horcht vor der Tür. Niemand kümmert sich um ihn.

Agnes bekommt ein Bad. Schwerfällig steigt sie in die weiße Riesenwanne und möchte nicht mehr raus aus der wohl tuenden Wärme. Klistiere kennt sie zur Genüge. Dieses ist besonders rabiat. Worauf hab ich mich eingelassen, denkt sie, als sie auf der Toilette hockt. Was hab ich in diesen kahlen grünen Räumen zu suchen. Auf einer harten Bank wird sie von der Hebamme rasiert. Jetzt untersucht sie Agnes. Es tut sich was, sagt die Hebamme, der Muttermund ist so groß wie ein Groschen.

Ein Groschen für diese Schmerzen, ist das alles? Agnes wird jetzt in den Kreißsaal gefahren. Schwester, das tut so weh! Nanana, aber jetzt doch noch nicht. Was wollen Sie denn nachher sagen, wenn's richtig losgeht? Nun nehmen Sie sich mal zusammen. Sind doch eine gesunde junge Frau, wie alt, gerade einundzwanzig, ach du liebe Zeit, da macht man das noch mit links!

Die Hebamme hat ein breitflächiges rotes Gesicht. Sie sieht zufrieden aus. Sie ist zufrieden mit dem, was sie Agnes sagt, was sie mit ihr tut. Ihre Schuhe quietschen auf dem Linoleum.

Sie werden doch noch schaffen, was Ihre Mutter auch geschafft hat, sagt die Hebamme.

Das sagt sie sicher immer, jeder Mutter. Aber diesmal, bei Agnes, hat sie sich eben geirrt. Du hast Unrecht, denkt Agnes, du hast Unrecht, obwohl du zufrieden aussiehst. Agnes ist fast schadenfroh. Die Hebamme weiß nicht, dass Mama Agnes in einer Sturzgeburt zur Welt gebracht hat. Die Hände an die Bettpfosten geklammert, hat Mama ihr Baby aus sich herausstürzen lassen.

Mama hatte auch eine Hebamme gehabt, ihre Cousine, Tante Hannah. Agnes hatte sie gekannt, hatte oft gesehen, wenn sie auf ihrem motorisierten Fahrrad zu den Wöchnerinnen fuhr. Zu Mama war Tante Hannah zu spät gekommen. Jedenfalls war Agnes schon geboren, lag auf dem Boden, der Mund war dick geschwollen. Du bist auf den Mund gefallen, hatte Tante Hannah ihr später erzählt.

Mama, hilf. Die Wehen wurden immer stärker. Die Hebamme hörte jetzt mit einem hölzernen Ding die Herztöne. Alles in Ordnung, langsam wird's. Die Hebamme ging jetzt herüber zu einem jungen Mädchen, das laut schrie: Ich will nicht, ich will nicht. Agnes hörte die Hebamme scharf auf das Mädchen einreden. Stellen Sie sich nicht so an, hörte Agnes. Und: Wo sind wir denn. Wenn sich jede so aufführen wollte. Das Mädchen schlug nach der Hebamme. Sie stand einen Moment starr, die rote Zufriedenheit war weg, fortgeschlagen aus ihrem Gesicht. Dann sah sie hin zu Agnes, verließ schnell das Zimmer. Agnes war überzeugt, die Hebamme hätte zurückgeschlagen, wenn sie nicht hinübergestarrt hätte.

Als die Hebamme mit einem Arzt und einer weiteren Schwester zurückkam, passierte es: die Geburt. Der Arzt springt hinzu, greift das Kind, während die Schwestern das schreiende Mädchen festhalten, ihre Beine aufbiegen. Es ist ein Augenblick voll Gewalt, voll Gewalttätigkeit. Rohe Gewalt, kann Agnes nur denken, rohe Gewalt, tierisch, atemberaubend. Das Mädchen schreit jetzt nicht mehr. Der Arzt zeigt ihr freundlich das Kind, sie sieht es an. Stumm. Die Hebamme wischt der Mutter die Stirn, die beiden machen Frieden.

Agnes war überzeugt, dass sie es auch keine Minute mehr würde aushalten können, ohne zu schreien. Sie war schweißnass überall. Das weiße Leinenhemd klebte am Körper, ihr Haar war feucht. Es war halb sieben früh. Draußen wurde es langsam hell. Die verdammte Uhr. Die silbernen Zeiger auf dem weißen Grund wollen und wollen nicht rücken. Wenn sie doch nur wegkönnte. Peter. Ihre heftige Sehnsucht nach Peter. Worauf habe ich mich eingelassen?

Mama, Mama, Mama. Könnte sie sich doch in das Wort Mama hineinfallen lassen. Es schien ihr der einzig mögliche Ausdruck dieser Qual, dieser bestialischen Messerschnitte in ihrem Unterleib. Agnes will jetzt sofort den Arzt sprechen. Der ist schon unterwegs, Kindchen, sagt die Hebamme, nur keine Bange.

Hat die Hebamme auch Kinder? Haben Sie auch Kinder, fragt Agnes.

Nee, gottseidank. Aber geholt hab ich jede Menge. Und Ihres holen wir auch noch, verlassen Sie sich drauf. Aber jetzt mal ’n bisschen Zähne zusammenbeißen. Von nischt wird nischt, Kindchen.

Die Hebamme stellt Agnes die eiskalten Füße auf, fährt mit dem Handschuhfinger in den Damm. Verdammtnochmal, das kann sie doch nicht machen! Doch, kann ich, Kindchen.

Der Arzt kommt. Agnes kennt ihn aus den Sprechstunden. Ein lieber, ruhiger Mann in den Sechzigern. Er sieht ein bisschen wie Hermann Hesse auf späten Bildern aus, nur gütiger.

Ein müder, lieber Hermann Hesse. Er erscheint Agnes

wie der Erlöser persönlich. Furchtbar müde sieht er aus, der Erlöser, und als er ihre Hand nimmt, möchte sie heulen. Richtig losheulen, diese verdammten, brutalen Schmerzen rausheulen. Das kann sie diesem Mann aber nicht antun, der jetzt ruhig und stumm an ihr herumhantiert, ihr den Blutdruck misst und die Hebamme bittet, Agnes feucht abzuwaschen, ihr den Rücken zu massieren. Plötzlich wäre Agnes gern eine Heldin. Für den Arzt wäre sie es gern, aber sie schafft es nicht mehr. Zu viele glühende Messer haben ihren Leib zerfetzt, diese Messer, der glühende Schmerz da unten hat ihr Heldentum verbraucht. Jetzt, ja, pressen Sie jetzt, nein, nein, das kann doch kein Mensch aushalten, warum wollte ich auch keine Narkose, schafft mich doch fort hier, arbeiten, pressen, feste, pressen, pressen, Herrgott, gibt es kein anderes Wort mehr … Die ruhige Stimme Hermann Hesses, tröstend, müde: Das Köpfchen kommt doch schon, Frau Ruge, ich muss nur ein wenig schneiden jetzt, damit der Damm nicht reißt.

Aber das kann er doch nicht. Er kann doch nicht auch noch in mich hineinschneiden! Sie hat gelesen, dass man nichts spürt vom Dammschnitt. Alles unwahr, alles gelogen. Nur damit Mütter sich trauen, Kinder zu gebären! Lug und Trug. Sie haben einen schönen Sohn. Der gütige Hermann Hesse hält ihr das Kind hin in seiner ganzen schorfigen schmierigen Pracht. Angeschnürt an Agnes ist Alexander noch. Sie möchte das Kind nicht mehr aus dem Arm lassen und den gütigen Erlöser auch nicht, doch beide sind nicht mehr abkömmlich. Alex wird gebadet, gemessen, gewogen. Der Arzt näht, was er vorher geschnitten hat. Die Hebamme (na sehen Sie, Kindchen, wie das geklappt hat) scheppert und klappert. Wischt Alexander die Augen aus. Alle arbeiten außer Agnes. Sie liegt in einer unbegreiflichen Leere. Sie weiß im Kopf, dass sie glücklich ist. Alle Mütter sind unbeschreiblich glücklich. Also ist sie es auch, selbst, wenn sie nichts davon spürt. Als sie ihr Alex gebadet und gewickelt geben, bringt sie nichts zustande außer Tränen.

Der Arzt ist mit müden Schritten gegangen. Wenn er ihre Tränen begriffen hätte, hätte er doch keine Zeit gehabt. Auf ihn warten andere Mütter, andere Schmerzen, Dammschnitte, ja Steißlagen muss er beherrschen. Wie bei ihrer Nachbarin. Da wurde dem Baby bei der Entbindung das Schlüsselbein gebrochen, so heiß war das hergegangen.

Es gibt Mütter, die bringen tote Kinder zur Welt. Die Hebamme sagt es drohend zu Agnes. Oder kranke Kinder, mongoloide oder sonst missgebildete. Die haben Grund zum Weinen, sagt die Hebamme zu ihr. Dasselbe sagt auch Mutter, sagt Peter, sagt Lore. Sie kommen mit Blumen und der Ausfahrgarnitur für Alex, alles richtig und in Zartblau. Was sollen sie da mit Tränen. Du nimmst einem ja die ganze Freude, sagt Mutter.

Bettnachbarin von Agnes ist die Gekrümmte vom Flur, das blaue Baby ist Klaus, ihr Sohn, den der müde Arzt schnell durch Kaiserschnitt geholt hat. Ich war noch gar nicht so weit, sagt Frau May, da hat's plötzlich bei mir zu bluten angefangen. Ich habe mich gar nicht mehr getraut, von der Toilette wegzugehen. Das lief aus mir heraus. Da hab ich meinen Mann gerufen. Und ich hab ein Badetuch um mich gewickelt, damit ich das Auto nicht vollblute. Ich hab mich nicht getraut, einen Schritt zu tun, sagt Frau May.

Das Weitere hat Agnes gesehen. Der Arzt hatte sofort gemerkt, was los war mit Frau May, dass die Plazenta vorzeitig abgehen wollte.

Bitte, sagte Frau May zu Agnes, bitte, nicht weinen. Ich fang sonst auch gleich an. Frau May hatte schon drei Buben. Und nun war ihr Mann enttäuscht, dass es wieder keine Tochter war. Wir sind schon so zwei Mütter, sagte Frau May zu Agnes, wir haben gesunde Kinder und heulen.

Und die anderen Wöchnerinnen. Agnes sieht sie auf dem Flur.

In wattierten Mänteln, die Haare am Hinterkopf platt und zerdrückt, gehen sie mit vorsichtigen Schritten (vorsichtig, weil die Naht wehtut) zu den Toiletten. Es ist schmerzhaft, wenn der Damm genäht ist.

Am vierten Tag wird ihr auf dem Weg zur Toilette plötzlich schwarz vor Augen. Als sie wieder zu sich kommt, liegt sie auf ihrem Bett. Eine Schwester legt Eisbeutel auf ihren Bauch und massiert. Die Plazenta war noch nicht ganz heraußen, sagt die junge Schwester wichtig, hoffentlich hört das bald auf zu bluten.

Agnes spürt, wie das Blut aus ihr herausläuft. Schweiß bricht ihr aus. Was, wenn sie verblutet, was wird dann mit Alex?

Plötzlich scheint es ihr die größte Gnade, wenn dies Bluten da unten, dies warme Rinnen aufhören könnte. Wenn sie nicht verbluten müsste. Wie schön könnte dann das Leben werden. Sie wollte nicht mehr weinen. Glücklich sein wollte sie wie die anderen, zufrieden, wenn nur das Rinnsal gestillt würde. Sie wollte mit Peter und dem Kind sonntags an der goldüberfluteten Isar entlanggehen. Durch den Englischen Garten, wo Hunderte von Menschen, Kinder, Mütter, Väter und Alte, zwischen unzähligen tobenden Hunden spazieren gingen. Zufriedene Leute, die nicht bluteten.

Nur das wollte sie: ihr Blut behalten, ihr Leben behalten. Mutter könnte Alex die Enten zeigen, ja, und Lore könnte den Wagen schieben. Lore und Karli könnten Eltern spielen, wenn sie selbst nur dableiben dürfte, mit dabei sein dürfte. Hand in Hand mit Peter.

Noch immer gibt es Sterbefälle im Wochenbett, sagt die junge Schwester wichtig.

Agnes verlangt nach dem Arzt. Der kann jetzt nicht, sagt die Schwester, der operiert gerade. Er soll kommen, verlangt Agnes, er oder ein anderer. Es soll sofort ein Arzt kommen. Agnes sieht der Schwester an, dass sie nicht einverstanden ist, dass ein Arzt kommt. Das hier, das beherrscht sie, die Schwester, allein. Wozu arbeitet sie schon seit drei Jahren in ihrem Beruf.

Frau May zieht sich den Morgenmantel über. Sie geht auf dem Flur auf und ab, bis der Arzt aus dem OP kommt. Mit seinen müden Schritten geht er zu Agnes. Wischt der Schwester die Todesfälle im Wochenbett vom Gesicht und den Widerstand. Weist sie an, Agnes den Angstschweiß abzuwaschen, ihr klatschnasses Bett neu zu beziehen.

Ruhig erklärt er Agnes, dass es öfter vorkommt, dass ein Rest der Plazenta in der Gebärmutter verbleibt und später unter Blutungen abgeht. Der Arzt sitzt mit seinen rot geränderten Augen bei Agnes und hält ihre Hand. Sie weiß, dass er versteht. Ihm könnte sie alles sagen. Sie möchte ein Recht haben, immer diese Hand zu halten. Sie möchte sein Gesicht zu sich ziehen, möchte ganz ruhig, ganz nah bei ihm liegen, um seine Ruhe nicht zu stören. Dich möchte ich lieb haben dürfen, müder Hermann Hesse, denkt Agnes. Dich möchte ich streicheln, trösten, in Schlaf wiegen, weil du gut zu mir bist. Weil du Augen hast, die mich anschauen, mich. Nicht eine Patientin.

Fünf Mal am Tag brachten sie Alexander. Das Köpfchen mit der Menge dunklem Haar, sein Gesicht wie ein kleiner brauner Apfel. Kläuschen May ist blass, krebsrot beim Schreien. Mit seinen scharfen Nägeln hat er sich das Gesicht verkratzt.

Wenn Alexander trank, konnte er die Augen zu Agnes aufschlagen, blaue Augen, die alles wussten. Es war schön, wenn Alexander trank. Dann zog sich die Gebärmutter in Agnes zusammen, sie kontrahierte, das war ein seltsam schönes Gefühl. Ein bisschen wie nach dem Orgasmus, dachte sie. Das Kontrahieren hilft der Gebärmutter, sich schneller zu regenerieren, hatte Agnes gelesen.

2

Agnes fuhr den gleichen Weg nach Hause, den sie vor vier Jahren mit Peter und dem Baby gefahren war. Zum ersten Mal mit Alex. Im karierten Kissen, das Mutter mit Spitze besetzt hatte, schlief der Sohn. Mutter und Lore standen vor dem Haus. Lore war blass, als Peter ihr den Jungen aus dem Wagen reichte. Das Kind sieht ganz wie Peter aus, sagte Mutter.

Agnes weiß nicht, warum Lore keine Kinder hat. Peter sagt, dass er es auch nicht wisse. Über dieses Thema wird nicht gesprochen, sagt Peter. Agnes hat ein schwesterliches Gefühl für Lore. Lore kann Alex baden und wickeln, wann sie will. Mutter und Lore streiten wegen Alex. Mutter ist für Wickeltücher, Lore für Strampelhosen. Aber doch jetzt noch nicht, sagt Mutter. Das weißt du halt nicht, jetzt ziehen die Schwestern schon den Neugeborenen Strampelhosen an, sagt Lore, wegen der Bewegungsfreiheit. Mutter ist für dünnen Haferschleim. Damit seid ihr auch groß geworden, sagt sie. Lore will moderne Dosennahrung für Alex. Agnes ist froh, dass Lore die mitgebrachte Auswahl aus der Klinik fachmännisch durchsieht. Agnes findet alles sehr verwirrend, außerdem will sie Alexander stillen. Solange es geht. Das wirst du dir doch nicht antun, sagt Lore. Immer die feuchten Tücher um die Brust und immer abhängig. Kannst ja nicht mal mit Peter ein Glas Wein trinken, sagt Lore. Und dann musst du das Kind jedes Mal vorher und nachher wiegen. Wer weiß, ob deine Milch überhaupt was taugt.

Agnes will aber stillen. Es ist so schön für sie, wenn sie Alex stillt. So friedlich, sie sind sich einig, sie und Alexander. Doch eines Tages wird ihre Brust heiß und rot, schmerzt wahnsinnig, wenn Alexander saugt. Bald kann Agnes sich im Bett nicht mehr auf die Seite drehen. Lore geht mit ihr zum Arzt. Er gibt ihr eine Spritze gegen Milchstau. Siehst du, sagt Lore.

Diese Nacht. In der Schwere-Reiter-Straße ordnete sich Agnes rechts ein. Richtung Dom-Pedro-Straße. So umging sie den Rotkreuzplatz, der mit seinen Baugruben und schmalen Durchschlupfen schwer passierbar war. Außerdem liebte es Agnes, am Kanal vorbeizufahren, auf der Südlichen oder Nördlichen Auffahrtsallee. Meter für Meter genoss sie diese vollkommene Schönheit, schaute in die Böcklinstraße hinein, die aussah wie aus früherer Zeit hingezaubert. Alle Menschen in den Häusern schienen zu schlafen. Als Agnes sah, dass hinter ihr noch ein Wagen fuhr, fühlte sie sich zu dem Fahrer hingezogen. So allein kann ein Mensch sein, dachte sie, dass einer, der die gleiche Straße fährt, dir nahe ist. Sie wurde sich ihrer absoluten Einsamkeit bewusst. Ich bin allein, alle schlafen, mein Mann, mein Kind, Mutter, Lore, Karli. Sie schliefen, wussten nichts von ihr, die jetzt im Auto Halt suchte. Du da, im Auto hinter mir, wohin fährst du, morgens um halb vier. Wie seh ich aus, mein Haar, ich muss mir dringend die Haare waschen. Und Alex, der Alex muss sie dringend geschnitten haben. Er sieht ja aus wie ein Mädchen, sagt Mutter. Agnes krallt ihre Finger um das Lenkrad, fühlt die Kühle, vergeblich. Sie schaltet in den vierten Gang, 80, 100, 110. Sie will sich konzentrieren müssen, woran könnte sie denn jetzt denken, wen könnte sie nah zu sich holen, woher nimmt sie Steine, die schwer genug sind, das Gespenst der Angst zurückzuhalten, zuzudecken.

Ihr Herz klopft wie verrückt. Die Ampel an der Pippinger Straße ist rot. Einige Wagen kommen von der Stuttgarter Autobahn. Agnes beneidet heiß den Mann im weinroten Golf, den verknautschten Typen im Renault. Ich will sein wie ihr. Gelassen, verschlafen, unwirsch. Ich will nicht, ich will nicht hineinfallen in mich.

Mühsam stellt sie das Auto vor die Garage, rennt über den Rasen ins Haus. Diesmal entkommt sie nicht, das spürt sie. Sie rennt zu Alexanders Bett, hebt ihn hoch, will sich an seiner verschlafenen Wärme festhalten. Mein Kind, ich bin doch ich, ich rieche doch deine Haut, deine Haare, ich spüre dich doch, Alexander. Sie kann den Jungen nicht mehr halten. Arme und Beine zittern stark, Schweiß bricht ihr aus, die Zähne schlagen aufeinander. Sie legt Alex in sein Bett.

Ich werde verrückt, das ist es. Ich werde wahnsinnig, ich verliere den Verstand. Er hat den Verstand verloren. Von einem Tag auf den anderen hat er den Verstand verloren. Das gibt es doch. Außer sich vor Angst rollt Agnes sich zusammen und kann schließlich ihr verzweifeltes Schluchzen nicht mehr zurückhalten.

Peter wird wach. Was ist denn los, Spatz. Herrje, hast du wieder diese blöden Zustände? Kannst du dich nicht ein bisschen zusammennehmen? Mensch, sag doch was, Spatz.

Sie hört die Angst in Peters Stimme. Hört, wie er telefoniert, den Arzt anruft.

Holt mich nur raus hier. Agnes schlottert. Schafft mich fort, egal wie. Sie möchte schließlich nur das Zittern ihrer Glieder beherrschen. Peter hat sich ganz eng an sie hingelegt, streichelt sie.

Agnes spürt seine Hände, ohne sie zu fühlen. Peter ist unerreichbar für Agnes, sie kann nicht hin zu ihm, nicht zu Alexander kann Agnes jetzt. Gott, wenn du da bist, hilf. Nicht einmal die Beschämung, dass sie jetzt nach Gott rief, wurde ihr bewusst. Einmal, als Alexanders Bronchitis so schlimm war, dass das Kind erstickend nach Atem rang, hatte sie mit Peter gemeinsam weinend Gott um Hilfe gebeten. Und sie hatten sich voreinander geschämt, weil Gott sonst nicht vorkam in ihrem Leben.

Jetzt konnte sie ohne jede Empfindung Gott, den Tod oder den Teufel anrufen, nichts war mächtig in oder über ihr, die sie ausgefüllt war von Angst. Agnes war getrennt von allem, empfand sich auf brutale Weise losgerissen von allen und allem.

Als der Arzt beruhigend auf sie einsprach und dabei eine Spritze aufzog, konnte Agnes den Einstich kaum erwarten. Süße Schwere überall machte ihr Hoffnung, dass der Arzt die Wahrheit sagte: Sie wird jetzt schlafen.

Als sie gegen Mittag erwacht, findet sie sich nur schwer zurecht. Mit Mühe muss sie sich die einzelnen Gegenstände des Schlafzimmers zusammensuchen. Zuerst wird der große Bauernschrank wieder vertraut, die Kommode, das Regal. Sie hört Mutters Stimme, Peter spricht mit dem Kind. Lass Mami noch schlafen.

Mutter. Was tut sie hier? Was weiß sie, was hat Peter ihr gesagt? Am liebsten würde Agnes sich in Luft auflösen. Käme sie wenigstens ungesehn ins Bad! Alex läuft auf sie zu. Mami, Mami. Peter grinst flüchtig, sieht sie unsicher an. Ich muss weg, Spatz, bin schon viel zu spät. Mach's gut.

Peter flüchtet. Flüchtet vor seiner kranken Frau. Mutter hat bereits den Hausarzt angerufen. Agnes kann heute noch in die Sprechstunde kommen. Ausnahmsweise. Weil er uns schon so lange kennt, sagt Mutter.

Agnes will nicht zum Arzt.

Du musst dich jetzt aber mal untersuchen lassen, sagt Mutter. Das ist doch nicht normal, dass es einer jungen Frau nachts schlecht wird, dass der Notarzt kommen muss. Da stimmt was nicht, da muss man doch nachschauen.

Anscheinend hat Peter keine Einzelheiten erzählt. Agnes ist ihm dankbar. Sie schämt sich. Weiß, dass sie nicht wie andere Frauen ihres Alters ist. Heiter, tüchtig, lebenslustig, erfolgreich. Sie macht Peter nur Scherereien. Und damit auch Mutter.

Das kommt davon, dass du so oft nachts im Auto herumkutschierst, sagt Mutter. Das muss dich ja krank machen. Wenn nun mal ein Betrunkener in dich reinfährt. Mal ganz zu schweigen, was das an Benzin kostet. Ich versteh sowieso nicht, dass Peter das duldet.

Mutter hat den Wagen zur Hälfte bezahlt. Mutter sitzt neben Peter auf dem Beifahrersitz. Niemand macht ihr diesen Platz streitig. Mutter kann tatsächlich einen Beifahrersitz füllen. Mutter sieht herrschaftlich aus, besonders im Winter, wenn sie ihren Bisampelz trägt. Sie hat auch das Haus geerbt, in dem die Ruges wohnen. Das ist Familientradition, sagt Mutter, wenn es Weihnachten Gans gibt.

Unsere Familie, sagt Mutter. Du gehörst jetzt zu unserer Familie, hatte Mutter bei Peters und Agnes' Hochzeit gesagt. Agnes wusste, Mutter hatte sich eine andere Schwiegertochter gewünscht. Gott allein mochte wissen, was Peter an dem blassen Mädchen gefiel. Agnes wusste, dass Mutter in ihrem zartrosa Komplet mit dem breitrandigen Hut eine andere Braut verdient hätte. Und die blasse, grünäugige Lore. Manchmal denkt Agnes, Lore hätte lieber selbst ihren Bruder geheiratet.

Wenn sie an ihre Hochzeit dachte, bemühte sie sich immer krampfhaft, einen, nur einen einzigen Gedanken wieder zu finden, der sie damals erfüllt haben könnte. Es gelang ihr nicht. Doch es gab eine Tatsache, die sich immer mehr herauskristallisierte: Die Wirklichkeit, die sie erlebte, war immer anders als ihre Vorstellung davon. Sie hatte feststellen müssen, dass sie zu den Leuten gehörte, die sich wenig Gedanken machen, ehe sie etwas beginnen. Warum hatten sie und Peter geheiratet? Sie war sicher, dass Peter das auch nicht wusste. Als Großmutter ins Altersheim ging, hatte sich das so ergeben. Sie erinnerte sich nur noch an ihr Erstaunen, als Peter ihr die Heirat vorschlug.

Nur an dieses Staunen konnte Agnes sich erinnern. Aber Gedanken, richtige fassbare Gedanken hatte sie nicht gehabt. Da war Iris anders. Iris hatte sich viele Gedanken gemacht, von denen sich Agnes manchmal wünschte, sie hätte sie auch gedacht. Iris hatte ihr erklärt, dass sie nicht einmal mit sechzehn, siebzehn den Wunsch gehabt hätte zu heiraten. Eigentlich niemals. Ich habe so einen Nonnenanteil in mir, hatte Iris gesagt, ich bin ein Zellenmensch. In meiner Kindheit und auch später habe ich daheim immer weggehen müssen, mich irgendwo einschließen müssen, lesen müssen. Ich habe ständig Zeiten, wo ich allein sein muss. Wie kann ich da einem anderen versprechen, immer für ihn da zu sein. Ich kann doch einem Mann nicht so viel versprechen, hatte Iris gesagt.

Darüber war Agnes betroffen gewesen. Was hatte sie Peter versprochen?

Auf den Stufen zum Hochaltar hatten Stühle gestanden. Stühle für das Brautpaar. Und sie hatten ganz nah am

Rand der Stufen gestanden. Agnes hatte während der Trauungszeremonie immer nur eins gedacht: Was, wenn jetzt mein Stuhl nach hinten kippt? Werden auch noch Leute mit gebrochenem Halswirbel getraut? Das war so eine Panik gewesen. Und der Pfarrer fragte sie, ob sie aus freier Überlegung und aus freiem Entschluss gekommen sei. Die Antwort war vorgeschrieben und deshalb leicht: Ja. Dabei hatte sie weder irgendetwas überlegt, noch war sie zu irgendetwas entschlossen. Aber hergekommen, das war sie. Keiner hatte sie gezwungen. So weit hatte das schon seine Richtigkeit.

Man heiratet, weil das Leben einer Frau nicht komplett ist ohne Ehe, sagt Mutter. Die Ehe ist ein Geschäft, da muss sich jeder an die Abmachungen halten. Jeder muss was geben. Das Leben muss geregelt sein, sagt Mutter, sonst läuft alles schief. Quatsch, die Zeiten sind lange vorbei, sagt Iris. Die Ehe als große Bestätigung dafür, dass man okay ist, keinen Klumpfuß hat. Das darf doch nicht mehr wahr sein. Unsere Großmütter, meinetwegen, und noch viele unserer Mütter, die dachten, sie bekommen erst einen Wert, wenn sie heiraten. Und dadurch waren sie schon auf dem falschen Dampfer. Wenn eine Frau meint, dass sie erst einen Wert bekommt durch einen Mann, dann wählt sie anders, als wenn sie weiß, dass sie selbst ein Wert ist. Verdammt, wir sind doch selber ein Wert. Und meinetwegen kann sich jede Frau einen Wert suchen, der zu ihr passt. Aber sie muss es doch nicht, sie kann doch auch prima allein, also ich jedenfalls, sagt Iris.

Hätte Agnes auch allein leben können? So wie Iris, allein in einer Schwabinger Wohnung? Vielleicht sogar in der Elisabethstraße, die für Agnes eine der schönsten Straßen Münchens war. In einem der Häuser dort mit den Bögen über dem Türeingang hätte Agnes schon eine

Wohnung haben mögen. Aber allein? Sie war nie allein gewesen. Erst war Mama da gewesen, dann Großmutter, dann kam Peter. Als Peter und Agnes heirateten, war Großmutter ins Altersheim gegangen. Zum Sterben, sagte sie. Großmutter hatte es schwer gehabt im Leben. Vor allem durch Agnes. Als Großmutter das sechsjährige Kind nach dem Tod der Tochter zu sich geholt hatte, war Agnes bald darauf krank geworden. Auf dem Weg zum Kaufmann war sie zusammengebrochen. Verdacht auf spinale Kinderlähmung. Das linke Bein für Monate gelähmt. Das kannst du nicht auf dich nehmen, Mariechen, das kranke Kind und den kranken Mann, hieß es. Denn Großvater war ebenfalls krank. Als Agnes mit Großmutter vom Bahnhof kam, hatte Großvater am Fenster gestanden. Sie hatte das Bild heute noch vor Augen: Das Fenster mit den weißen Scheibengardinen, den Blumentöpfen. Da stand Großvater, die Hände in den Jackentaschen und schaute hinaus. Regungslos stand er da. Stundenlang. Manchmal sah Agnes, dass sein linkes Bein zuckte. Es zuckte so, als gehöre es nicht zu Großvater, an dem sonst alles stillstand. Großvaters linkes Bein zuckte, Agnes' linkes Bein war gelähmt. Dann holten sie Großvater ab. Sagten, dass es nicht mehr zu verantworten sei. Immer dies nächtliche Wandern und am Tag das Herumstehen. Nur ab und zu mit dem linken Bein zucken, das genügt nicht.

Großvater, so still er war, wusste, dass sie ihn herausschafften aus dem Leben. Ich komme nicht mehr zurück, Kind, sagte Großvater. Nur diesen Satz sagte er und nur zu Agnes.

Viele Monate später kam Großvater doch zurück. Agnes konnte damals immer noch nicht richtig laufen. Jedenfalls nicht bis zum Friedhof. Sie hörte Verwandte tuscheln, die Großvater aufgebahrt gesehen hatten. Er habe Verletzungen am Kopf gehabt. Sie fragte Großmutter danach. Davon will ich nie wieder etwas hören, hatte Großmutter gesagt. Sie war zornig auf die Verwandten. Lehnte es schließlich ab, mit irgendjemandem ein Wort über Großvaters Tod zu reden.

Großmutter hatte keine Freude an Agnes. Jetzt hat das Kind auch noch einen Herzklappenfehler, sagte sie seufzend zu den Verwandten. Nach Jahren ständig wechselnder Krankenhausaufenthalte und Untersuchungen nahmen die Ärzte Agnes die Mandeln heraus. Damals war sie zwölf. Im Krankenhausbett sah sie zum ersten Mal ihr Menstruationsblut. Eine junge Schwester brachte derbfreundlich raue Vorlagen. Legte sie stumm in den Nachtschrank. Die anderen Frauen (das Haus hatte keine Kinderstation) sahen sich an. Agnes sehnte sich nach der Isolierstation zurück, wo sie allein lag. Wo auch Großmutters wortlose Vorwürfe nur bis an die Glasscheibe herankonnten.

Krankenhäuser, Ärzte. Infusionen, Transfusionen, schlimme Erinnerung an dicke Punktiernadeln. Wenn Agnes die Ärzte mit dem Instrumentenwagen sah, brach ihr schon der Schweiß aus. Nach der Kinderlähmung die langwierige Hepatitis, die Asthma-Anfälle. Ihre Kindheit schien sich in ihrer Erinnerung hauptsächlich in Krankenhausbetten abgespielt zu haben. Mit Ärzten als Väter und Schwestern als Mütter. Krankenhausweihnachten. Posaunenchor. Nein, sie hatte mehr als genug davon. Weiße Kittel waren ihr vertraut, aber nicht angenehm.

Und jetzt: Mutter ließ nicht locker, drängte sie zu diesem verdammten Arzt-Termin. Sie schickt mich zum Arzt wie ein Kind zum Beichten, dachte Agnes. Wenigstens wollte sie Alexander mitnehmen. Mit Alexanders dickem Händchen in ihrer Hand traute sie sich alles. Doch Mutter wollte den Jungen nicht mitlassen. Der stellt ja das Wartezimmer auf den Kopf. Und was macht er in der Zeit, wenn du untersucht wirst? Mutter hatte ja Recht. Agnes ging allein. Saß im Sprechzimmer des Arztes auf einer roten Resopalbank. Antwortete geduldig der Helferin, die ihre Daten in eine Maschine tippte. Ein altes Ehepaar saß ihr gegenüber. Manchmal streichelte der Mann verstohlen die Hand seiner Frau. Keine Angst, du, ich bin doch da. Und sie lächelte zaghaft, verschämt, entschuldigend. Entschuldigt bitte, dass ich noch lebe. Als die Schwester energisch aufruft, humpelt die Frau mühsam auf krampfadrigen Beinen ins Sprechzimmer. Eine dicke Frau neben Agnes liest asthmatisch schnaufend in einem Magazin. Ab und zu wischt sie sich die Schweißperlen vom Gesicht. Die Wechseljahre, sagt sie vorwurfsvoll zu Agnes.

Was tu ich hier, denkt sie beklommen. Sie hat Sehnsucht nach Alexander. Sie möchte mit ihm im Sandkasten sitzen, den kühlen Sand spüren. Möchte mit Alexander seine kleinen Spiele spielen, ihm für seine Autos Brücken und Durchschlupfe bauen, mit seinen Freunden zusammen sein. Diese Arztpraxis hier vergessen. Was, wenn der Arzt in ihrem Kopf etwas findet, was ihre ständigen Ängste erklärt? Wenn sie einen Tumor im Kopf hat, der sie langsam wahnsinnig werden lässt?

Was, wenn an ihrem Herzen wieder etwas nicht in Ordnung ist? Extrasystolen, hieß es früher in der Klinik. Der Herzklappenfehler. Vielleicht hatte sich da etwas krankhaft weiterentwickelt? Sie weiß, auch junge Leute können Tumore haben oder Herzinfarkte. Sie möchte raus hier. Weg von den elend aussehenden Leuten. Sie will nach draußen, wo die Autos vorbeirollen. Zum Springbrunnen am Stachus will sie, wo in der Fußgängerzone Leute einkaufen, sich drängen in den Kaufhäusern, an den Obstkarren, wo Kinder hinter ihren Eltern herplärren, weil sie noch ein Softeis wollen, wo Türkinnen mit Kopftüchern drei Schritte hinter ihren Männern schwere Plastiktüten schleppen. Sie will zu Alexander.

Jetzt ruft die Energische ihren Namen. Und Agnes sitzt dem Arzt gegenüber. Kommt sich stumpfsinnig vor, weiß, dass sie sich nicht ausdrücken kann, nicht erklären, was mit ihr los ist. Stockend beginnt sie von ihrem Zittern, dem Herzklopfen, der Angst zu erzählen.

Teilnahmsvoll freundlich hört ihr der Arzt zu. Er ist braun gebrannt, hat tiefe Kerben von der Nase zum Mund. Er lässt Agnes erzählen von ihrem Kloß im Hals, dass sie ständig die Toilette aufsuchen muss, bleibt freundlich und teilnahmsvoll. Agnes gewinnt Mut, gewinnt an Boden, glaubt plötzlich, ihm alles erklären zu können, ja, mit ihm kann sie reden. Sie sagt ihm, dass sie oft so wahnsinnig traurig sei, so stark, dass sie sich nicht mehr wiederfinde. Als sie versucht, ihm den tiefen Schacht ihrer Angst zu beschreiben, sieht sie, wie das Gesicht des Arztes sich verändert. Sein eben noch so teilnehmendes Lächeln verebbt, fließt raus aus seinem Gesicht. Ja, Frau Ruge, da sind Sie bei mir an der falschen Adresse.

Er ruft etwas in seine Sprechanlage, die Energische erscheint, nimmt Agnes mit. Wir entnehmen jetzt Blut, klären das Organische ab, und dann sehen wir weiter.

Agnes hätte es wissen müssen. Der Arzt hatte denselben Ausdruck in den Augen wie Peter, als sie zitternd und heulend im Bett lag. Dieselbe Abwehr. So würden sie auch einen Aussätzigen anschauen. Der Arzt sieht Agnes an, als sie zögert hinauszugehen. Nach kurzem Überlegen kritzelt er etwas auf seinen Rezeptblock. Wenn Sie wieder unruhig werden, ich meine, hm, wenn Sie wieder Angst bekommen, nehmen Sie dies. Valium, 5 mg. Aber bitte nur eine jeweils, ich verlasse mich auf Sie.

Agnes hält am Romanplatz, geht in ihre Apotheke. Es ist ihre Apotheke. Seit zwei Jahren geht sie nur dorthin, seit sie nachts für Alexander starke Zäpfchen brauchte. Die hatte der Notarzt verschrieben, weil das Kind so schwer atmete. Der Apotheker sah zwar müde aus unter seinen strubbeligen grauen Haaren, war aber freundlich. Erkundigte sich nach dem Jungen. Agnes hätte noch lange mit ihm reden mögen, seine Augen sahen sie so teilnahmsvoll an, dass sie ihm all ihre Sorge um Alex hätte erzählen mögen. Am andern Tag hatte er angerufen, nach dem Befinden des Kindes gefragt. Und: Es ist seltsam, ich denke den ganzen Morgen schon an Sie. Das hatte er gesagt, und seither war die Apotheke und Dr. Werner Merck für sie wichtig geworden. Waren keine Kunden da, redeten sie oft lange über dies und das. Die Helferinnen schauten einander an, Agnes sah es, der Apotheker schien es nicht zu bemerken. Doch Agnes hatte ein unbestimmtes Schuldbewusstsein.

Heute schaute Dr. Merck sie unter seinem Wust grauer Haare kritisch-besorgt an. Warum brauchen Sie Valium, was wollen Sie denn mit dem Zeug?

Sie sieht seine etwas trüben, rot geränderten Augen auf sich gerichtet. Der scheint sich nicht vor mir zu fürchten, der scheint Aussätzige nicht zu fürchten, er schaut eher zornig aus. Aber Agnes war es leid, Erklärungen zu stammeln, die doch keiner begriff. Was geht es diese rotweintrüben Augen an, wozu ich Valium brauche. Er soll mir das Zeug verkaufen, basta.

Achselzuckend schob Dr. Merck das kleine Päckchen

über den Ladentisch. Eilig rannte Agnes aus der Apotheke, ließ die Verstimmung hinter sich.

In der Nacht träumt sie. Sieht sich im Liebfrauendom, wie sie durch die Bänke läuft und sucht, bis sie endlich merkt, dass sie sich selber sucht. Das Gefühl kältester Einsamkeit ist im Traum so deutlich, so schmerzhaft, dass sie dringend aufwachen will, aber sie kann nicht. Lange liegt sie im Niemandsland zwischen Träumen und Wachen wie in feste dunkle Bandagen eingebunden. Mit dem Erwachen kommt das nun schon gefürchtete Zittern, der Kloß im Hals, der das Atmen schwer macht. Wieder klopft ihr Herz wie verrückt, Schweiß bricht aus, wie im Frost schlagen die Zähne aufeinander. Ich werde verrückt, denkt sie panisch. Ich werde verrückt.

Das Valium.

Sie springt jetzt aus dem Bett. Rennt ins Bad, holt mit zitternden Fingern das kleine grünweiße Päckchen aus dem Arzneischrank. Bringt kaum die Packung auf, die Verschlusskappe weg. Die Tabletten kullern in das Waschbecken. Sie nimmt eine, trinkt Wasser nach, schluckt noch eine.

Um sie herum die vertrauten Kacheln, das weiße Wandbord, der Fön. Sie sieht alles genau, empfindet die Dinge aber nicht real, sie schaut den Sachen gleichsam zu, kann sie anfassen, aber nicht begreifen. Sich selber sieht sie im Spiegel, die Blässe unter dem verwuschelten Haar, Augen mit tiefen Ringen. Eine Statue, auch sie unwirklich.

Langsam kriecht eine sanfte Wärme in ihre Glieder. Valiumwärme. Sie fühlt sich nicht mehr, ihr Gesicht im Spiegel ist ihr gleichgültig, sie ist knochenlos, ohne Empfindung, ohne Angst.

Ehe sie in Schlaf fällt, sagt sie ihrer Angst, sie solle sie am Arsche lecken.

Am Morgen verschläft sie. Schon wieder. Als sie benebelt hochkommt, schaut Mutter zum Schlafzimmer rein und meldet, dass sie Alex schon in den Kindergarten gebracht hat. Es ist gleich zehn, sagt Mutter.

Mühsam macht Agnes Ordnung in ihrem Hirn. Valium. Sie hat wohl zu viel genommen. Drum ist sie jetzt so bleiern müde. Aber ohne Angst.

Ohne Angst? Während sie duscht, macht sich die verdammte Bangigkeit schon wieder breit. Hockt sich in den feucht angelaufenen Badezimmerspiegel und macht aus Agnes zwei Wesen, die sich mit weit aufgerissenen Augen anstarren. Sie sucht Halt in der Wohnung, fasst die altdeutschen Eichenmöbel an, die sie von Mutter übernommen haben, die kühle Stumpfheit des Kunstledersofas. Wir haben das Zeug nun mal, sagt Peter. Geld für neue Möbel ist nicht drin.

Der Plattenspieler. Mit zitternden Händen legt Agnes Garfunkel auf: Bright Eyes. Sie streift Peters Kopfhörer über, will in sanften Tönen untergehen, eintauchen, die Angst wie Öl an der Oberfläche lassend.

Schließlich steht Lore im Zimmer. Sie hat einen Teller mit Kartoffelpuffer in der Hand. Ihr Gesicht ist Missbilligung. Agnes sieht, dass Lore aufgebracht ist. Dann zuckt unter ihrem rechten Auge leicht, aber regelmäßig das Unterlid. Agnes schaut konzentriert dem Zucken zu, und Lore hat es schon immer gewusst. Agnes stiehlt dem lieben Gott den Tag. Gleich ist es halb zwölf. Das Kind muss vom Kindergarten abgeholt werden. Nichts ist aufgeräumt, nichts eingekauft, nichts gekocht.

Wut und Schuldbewusstsein streiten in Agnes.

Mach dem Kind die Kuchen aber wenigstens warm, sagt Lore.

Wenigstens. Damit knallt Lore Agnes an die Wand.

Wenigstens hol ich jetzt mein Kind. Agnes geht gern zum Kindergarten. Die meisten Mütter dort sind jung, und wenn nicht hübsch, so doch erfreulich. Sie fahren kleine rote Autos und tragen gehäkelte Mützchen wie ihre Kinder. In letzter Zeit tragen viele Schulmädchenzöpfe zu Pluderhosen oder weiten Kitteln. Sie sind die vergrößerten Abbilder ihrer Töchter.

Mami, Mutti, Mama. So schreien sie durcheinander. Alle Macht den Müttern. Wissen sie um ihre Macht? Sie scheinen Agnes heiter und gelassen. Strahlen Sicherheit und Geborgenheit aus. Lassen sie ihre Probleme daheim? Oder haben sie die Stürme hinter sich? Haben sie ihr Boot im Hafen festgemacht?

Warum kann ich mich nicht im Schoße meiner Familie wiegen, mich meiner Machtbefugnisse freuen, meiner Schlüsselgewalt, meiner Erziehungsgewalt. Alle Macht den Müttern. Agnes möchte zu ihnen gehören. Nicht nur scheinbar. Sie möchte spüren, dass alle, Mütter und Kinder, lebendig sind, sie möchte alle anfassen, sich auf diese Weise ihrer versichern. Und während Agnes sich einreiht, sich hier und da unterhält, ein neues Täschchen bewundert, nach Alexanders Overall befragt wird, ist sie sich bewusst, dass sie allem nur zuschaut, dass sie außen vor ist. Zaungast. Sie lacht mit Andys Mutter, die nicht ohne Stolz berichtet, wie Andy sich in voller Ausgehmontur unter die Dusche gestellt habe. Sie hört sich lachen, hört sich reden und ist trotzdem nicht zugehörig. Sie hat keinen Kontakt zum Leben der anderen.

Alexanders dicke warme Hand hilft, tröstet, lebt. Alex mault. Er musste heute im Kindergarten stillesitzen. Zehn Minuten lang mit untergeschlagenen Armen. Die waren heute saufrech, sagt die Kindergärtnerin. Alex rennt wie ein Tiger, der freigelassen ist, kurvt um Agnes herum.

Mami, der Thomas, hat gesagt, Mami, die Bibi heult immer, Mami, die Tante lässt mich immer nicht – Mami, Mami, Mami. Agnes gilt viel für Alexander. Sie spürt noch heute den schmerzhaften Stich, als sie Alex zum ersten Mal in den Kindergarten brachte. Auch andere Mütter schienen wenig froh. Schluckten. Gingen still nach Hause. Alex – mit seinem Hintern voll Flöhe, mit seinem niemals stillstehenden Mundwerk, mit seinen ständigen Forderungen. – Alexander muss ihr helfen, mit der Angst fertig zu werden.

Abends sagt sie es Peter, der sich umzieht für die »Distel«. Sie sagt, dass sie Alex vom Kindergarten abmelden will. Peter schaut verständnislos. Warum haben wir uns dann so krampfhaft um den Platz bemüht?

Sie sucht nach Argumenten. Sie hat sich doch so viele überlegt. Wieso hat Peter es derart leicht, alle vom Tisch zu wischen?

Wieso Massenbetrieb, fragt Peter. In der Schule muss Alex auch mit einem Haufen Kinder auskommen. Das kann er nicht früh genug lernen. Was heißt denn Ansteckung, Husten, Schnupfen? Du kannst das Kind doch nicht in einem Glaskasten aufziehen. Was heißt Ungerechtigkeit? Wie oft bringt uns der Alex zur Weißglut. Stell dir das mal in dreißigfacher Ausgabe vor. Nee, danke. Lass den ruhig mal lernen, sich einzufügen. Du verwöhnst ihn sowieso. Was heißt, mehr fördern? Das kannst du nachmittags auch noch. Du bist in letzter Zeit doch sowieso nicht in Ordnung. So nervös und gehetzt, wie du bist. Sei froh, wenn Alexander dich morgens in Ruhe lässt.

Agnes weiß, dass Peter Recht hat. Sie ist sich ihres Unrechts bewusst, als sie Alexander fragt, ob er lieber den ganzen Tag bei ihr bleiben wolle. Nicht mehr morgens in den Kindergarten.

Ooooch, ja, hm, aber morgen muss ich hin, morgen machen wir Lampionzug.

Sie weiß, sie darf sich nicht an Alexander klammern.

Sie muss allein etwas finden, was ihr hilft, die Angst niederzuhalten. Es ist fast, als sei sie ein Dompteur, der immer neue Tricks finden muss, die Bestien auf ihren Podesten zu halten, während niemand im Publikum merkt, dass der Dompteur sein Leben riskiert. Ihre Angst schien ihr wie ein knurrender Hund, der mit gesträubtem Fell im Winkel hockt, jederzeit bereit, sie anzuspringen.

Für Peter, für Mutter, für den Jungen – für alle da draußen suchte Agnes krampfhaft die Maske der Normalität aufrechtzuerhalten. Keiner sollte etwas von ihrem Drama spüren, das jetzt fast täglich und nächtlich wieder kommt. Während sie immer wieder in die Tiefen ihrer Ängste fällt, während mit jedem Tag ihre Befürchtung, wahnsinnig zu werden, sich vergrößert, versucht sie, ihre Pflichten wie bisher zu erfüllen. Macht sie hilflose und aussichtslose Versuche, sich abzulenken.

Doch sie kann sich nicht festhalten an häuslichen Arbeiten. Wenn sie Gemüse schneidet oder Zwiebeln, versucht sie sich ganz stark auf den Geruch, die beißende Schärfe zu konzentrieren. Jetzt Öl in den Topf, Olivenöl, wann waren wir in Alassio, 73 war das, ja, da haben wir bei Urlaubern meinen Ring verpfändet, weil das Geld nicht reichte … jetzt die Zwiebeln zum Öl, aufpassen, dass sie nur glasig werden, die Gulaschstücke, sie hat sie winzigklein geschnitten, jetzt die geschälten Tomaten dazu, Paprikapuder, grüner Paprika in kleinen Würfeln, die Sauce soll grünlich rot werden, die klein geschnittenen Kartoffeln kommen zum Schluss. Kesselgulasch kann nie misslingen. Sie macht noch kleine Klöße aus Mehl, es nützt nichts, sie kann ihre Angst nicht hineinkneten in den Teig, es nützt nichts, dass sie laut pfeift wie ein Kind im dunklen Keller, die Vorbereitungen fürs Essen können Agnes nicht halten, kein Geruch, kein Tun. Mit klopfendem Herzen stellt sie alles in die Bratröhre.

Dann rafft sie Badezeug zusammen, rennt zur Garage, fährt über Roman- und Rotkreuzplatz zum Dantebad. Sie hängt sich an einen Schwimmer mit Mark-Spitz-Brille, der Bahn um Bahn pflügt, ohne Pause. Sie schwimmt hinter ihm her, gibt nicht auf, schwimmt, bis sie nur noch Wasser spürt, sieht, schluckt. Als sie ausgepumpt ist, schier nicht mehr rausklimmen kann aus dem Becken, sieht sie auf der Uhr, dass sie sich beeilen muss. Gleich halb zwölf. Hastig zieht sie sich an, fährt heim. So ist es richtig, so muss sie das machen. Schnell aufräumen, schnell am Spiegel vorbeiputzen, schnell kochen, einkaufen, schwimmen. Nonstop. Keine Zeit zum Fallenlassen, keine Zeit für die Angst.

Lore hat es bald erfahren. Warum schwimmst du jeden Morgen wie eine Verrückte. Das ist doch nicht normal. Was will Lore damit sagen? Agnes kann aus ihrem blassen Gesicht, aus den grünen Augen (Peters Augen) nichts lesen. Nur Abwehr. Lore wird ihr nie verzeihen, dass Peter sie geheiratet hat. (Sie muss ihn irgendwie rumgekriegt haben.) Lore wird ihr ebenso wenig verzeihen, dass sie Alex geboren hat. Die ist uns einfach ins Haus geschneit. Lore hatte das Hochzeitskleid für Agnes geschneidert. Entworfen und geschneidert, sagt Mutter. Bei der Anprobe hatte Lore kräftig auf Agnes Hüftknochen geschlagen. Mein Gott, bist du dünn. Das ist ja nicht mehr schön …

Lore. Agnes möchte sie gern haben. Sie findet Lores blasses Gesicht mit den grünen Augen schön. Lore färbt ihre roten Haare dunkel. Die Kinder haben sie früher

Rotfuchs genannt. Lore war Vaters Liebling, sagt Peter. Lore hat dem Vater versprochen, auf Mutter und Peter aufzupassen. Es ist ihr auch gelungen, Mutter schweigt, wenn Lore energisch wird, Peter kann von ihr alles haben. Nur Agnes hat Lore nicht verhindern können.

Peter schimpft abends mit Agnes. Sollen die beiden da oben sich noch mehr die Mäuler zerreißen? Hör doch auf mit dem Quatsch. Jeden Tag die hektische Schwimmerei, so was macht doch kein normaler Mensch.

Kein normaler Mensch. Soll sie Peter sagen, dass sie schon lange kein normaler Mensch mehr ist? Dass ihre Trostlosigkeit sie oft stumpf macht, gefühllos? Selbst wenn sie die richtigen Worte fände, Peter würde nur noch mehr von ihr zurückweichen.

Wie soll sie einem normalen Menschen erklären, dass sie aus Angst zum Schwimmen geht. Dass sie es nicht aushält, mit sich allein zu sein, dass sie sich an jedem Schwimmer im Dantebad festhalten muss. Dass sie, wenn sie nicht pausenlos etwas tut, in sich hineinfällt und sich nicht wieder findet. Dass sie Angst hat, verrückt zu werden. Dass sie deshalb versuchen muss, diese Stürze, diese Talfahrten in sich selbst aufzufangen.

Sie weiß, sie wird es nicht erklären können. Solche Zustände kann man einem normalen Menschen nicht klar machen.

3

Einer ist da, der würde sie verstehen. Herr Bauer, der Nachbar aus dem Haus gegenüber. Von ihm wissen alle, dass er nicht richtig im Kopf ist. Dass er oft monatelang in die Klapsmühle muss, nur zwischendurch mal heimkommt. Dabei hat er Abitur, sagt Mutter. Sogar studiert hat der. Volkswirtschaft. Aber gearbeitet hat er nie was. Seiner Lebtag nicht, sagt Mutter. Der Schlawiner, der stiehlt dem lieben Gott den Tag. Der ist bekloppt, sagt Lore. Liegt seiner Familie auf der Tasche und macht sich ein schlaues Leben. Dem fehlt doch nichts, den kenn ich doch schon ewig, so ein kräftiger Mann. Der könnte doch was arbeiten, das gibt's doch gar nicht.

Agnes kann Herrn Bauer gut leiden. Sein abwesendes Lächeln im blassen Gesicht. Doch jetzt, seit es ihr selbst nicht gut geht, kann sie Herrn Bauer nicht mehr aushalten. Es scheint ihr, als sehe Herr Bauer sie forschend an. Du bist wie ich, sagen seine Augen. Aber sie will nicht sein wie Herr Bauer. Plötzlich fürchtet sie seine Freundlichkeit. Wenn sie ihn beim Einkaufen trifft, geht sie schnell in ein Geschäft, sieht angestrengt in ein Schaufenster. Sie will nicht, dass Herr Bauer bei ihr stehen bleibt, sie will keine Gemeinsamkeit mit ihm. Sie schämt sich deshalb, schämt sich ihrer Feigheit. Herr Bauer tut ihr leid, er sieht aus, als wisse er alles, aber ihre Furcht vor der Ähnlichkeit mit ihm ist größer. Dass Herr Bauer sie versteht, ist keine Hilfe für sie. Im Gegenteil.

Iris. Ob sie mit Iris sprechen soll? Wird dann das Schwergewicht zu Iris' Lasten nicht noch größer? Iris bedeutet viel für Agnes. Mit ihr hat so viel angefangen. Iris hat sie gelehrt, wirklich schöne Dinge von alltäglichen zu unterscheiden, Iris bahnt ihr überall neue Wege. Aber Iris ist wie Peter. Iris mag Peter. Das war Agnes lange Zeit nicht bewusst geworden. Bis zu dem Sonntag, als Peter und Iris im Bad standen. Die Tür war offen gewesen. Iris, gleich groß mit Peter, hatte ihre Hände auf seinen Schultern. Agnes konnte nur Iris' Gesicht sehen, die Augen hell auf Peter gerichtet. Sie fand es schön, wie die beiden dastanden, und sie hatte sich scherzhaft stark geräuspert. Peters anfängliche Verlegenheit war rasch dem Lachen gewichen, das alle einschloss.

Iris, meine Freundin, Peter, mein Mann. Agnes war besonders im Anfang manchmal erstaunt gewesen, einen Mann wie Peter zu haben. Es schien ihr, als stünde er ihr gar nicht zu.

Sie hatte Peter kennen gelernt, als sie bei Siemens Telefonistin war. Sie hatte gelesen, dass die meisten Ehepaare sich im Beruf kennen lernen. Das passte also zu ihr. Durchschnitt. Die meisten Mädchen arbeiten im Büro, bis sie heiraten. Durchschnitt.

Ein durchschnittliches Leben, ein Durchschnittsberuf. Schließlich musste Agnes froh sein, überhaupt einen Beruf zu finden. Die monatelangen Krankenhausaufenthalte, die kontinuierliches Lernen unmöglich machten, schließlich Abgang von der Realschule mit achtzehn. Die Telefonzentrale bei Siemens hatte sie zunächst in größte Nöte gebracht. Das lerne ich nie. All die Knöpfe, Tasten, Anschlüsse. Das geht nicht rein in meinen Kopf. Höchste Not, wenn sie für Augenblicke allein gelassen wurde mit der Anlage. Jeden Ankömmling hätte sie anflehen mögen, hereinzukommen und ihr beizustehen. Irgendwann lichtete sich das Durcheinander, lernte sie, in aller Ruhe Verbindungen herzustellen, sich in ein Gespräch einzuschalten, nicht nervös zu werden. Es machte ihr Freude, Gespräche zu verbinden, Anrufer herzlich zu begrüßen. Sie haben aber eine schöne Stimme, Frollein, Frolleinchen. Manchmal kam einer und wollte sehen, wer die freundliche geduldige Stimme war. Sie wollten Agnes kennen lernen, mit ihr ausgehen. Der Apparat mit seinen geheimnisvollen Fähigkeiten, die solide repräsentative Einrichtung der Telefonzentrale schienen auf Agnes abzufärben. Gaben ihr Gewicht. Nicht selten wurde sie eingeladen. Ins Kino, in den Biergarten, in die Disco. Hätten Sie nicht Lust?

Sie hatte daheim die kranke Großmutter und meistens keine Lust. Das bedeutete aber nicht, dass die Einladungen keinen Eindruck auf sie machten. Sie gehörten zu ihrem aufregenden neuen Leben wie die Kontonummer, die aus ihr eine Bankkundin machte. Es gab ihr eine neue Wichtigkeit, in die Schalterhalle der Dresdner Bank zu gehen, wo sie jedes Mal liebenswürdig, ja respektvoll empfangen wurde. Sie hatte Vertrauen zu dem immer korrekt gekleideten Herrn Fischer, der sie in sein elegantes Büro führte, sich Zeit nahm, ihr zu erklären, warum sie möglichst nie die vom Großvater geerbten Schatzbriefe veräußern solle. Er nahm Agnes ernst. Auch Frau Blabls schöne dunkle Augen sahen sie immer mit warmer Freundlichkeit und Aufmerksamkeit an. Agnes hatte jetzt Schecks, einen Dispositionskredit von fünftausend Mark. Das hieß, sie könnte sich zum Beispiel ein gebrauchtes Auto kaufen, die Bank würde ihr das Geld leihen. Das war alles neu. Viel wichtiger als Einladungen. Agnes musste sich erst noch einrichten in ihrem neuen Leben ohne Krankenhäuser. Mit Großmutter, die nicht mehr hart war und nicht mehr zuschlug. Mit jedem Tag, der Großmutters Verfall zeigte, mit jedem Tag, der die große Frau schrumpfen ließ, kam Agnes Großmutter näher.

War es Großmutters Krankheit, der Tod, der sich ankündigte? Fast schien es ihr, als wolle Großmutter alle bis dahin zurückgehaltene Liebe zu Agnes noch ganz schnell loswerden. Als wolle Großmutter alle Liebe und Weichheit nachholen, die sie im Leben bislang nicht geben konnte. Mausi, sagte Großmutter (so hatte sie immer Mama genannt), Mausi, kauf dir hübsche Sachen, Mausi, ich hab genug für uns beide, Mausi, du musst nicht sparen. Großmutter war es auch, die ihr zuredete auszugehen. Du willst doch keine alte Jungfer werden, Mausi. Wenn Agnes ab und zu mitging, blieben die tastenden Hände der Männer, die Münder nach dem Kino oder nach dem Tanzen ihr fremd. Sie war noch nicht so weit. Sie musste erst die neue Großmutter kennen lernen, dies völlig neue Leben mit der Telefonzentrale und mit Großmutter. Beide machten es ihr mit einem Mal so leicht. Großmutter, die nachts aufstand, sich ankleidete, in den Garten ging, weil sie Schmerzen hatte, die Enkelin nicht stören wollte. Großmutter, die am Tag liebevoll mit ihr sprach. Ich bin froh für dich, sagte Großmutter, als Agnes Peter mitbrachte. Peter, den Agnes schon lange vom Sehen kannte. Der sich herausgeschält hatte aus der nicht endenden Kette von Leuten, die täglich an ihrer Sichtscheibe vorbeigingen. Morgens herein, abends hinaus. Agnes wusste nicht, warum ihr Peter immer wie auf Urlaub, wie auf Besuch erschien. Peter mit seinen strubbeligen Locken schien ihr nicht in den Flanellanzug zu passen.

Sie kamen miteinander ins Reden, als er einmal aus dem Taxi stieg und kein Kleingeld hatte. Agnes legte es aus. Seitdem grüßten und kannten sie sich. An einem warmen Augustabend hatte Peter sie eingeladen. In den Hirschgarten. Sie wusste, er wollte das mit dem Taxi gutmachen. Doch das war ihr egal, dieser Abend war so schön. Sie hätte vielleicht sogar den Geschmack, die Süße der Luft beschreiben können, wenn Peter sie nicht am Denken gehindert hätte.

Sie saßen an der sonnenwarmen Mauer. Agnes hätte den lachenden, plaudernden Leuten ringsum sagen können, wie schön sie das alles fand. Manche kannte sie, vielleicht würde es sogar ein bisschen Klatsch geben. Agnes hatte ein Gefühl der Hochstapelei. Dieser Junge da war zu toll für sie. Egal, heute saß er bei ihr. Mutig trank sie ihre Maß Bier, obwohl Bier ihr weiche Knie machte.

Danach fuhren sie in Peters BMW zur Fasanerie, liefen durch den inzwischen dunklen Wald. Sie saßen im Gras. Peters Mund war Agnes nicht fremd. Sie ließ sich hineinfallen und wehrte auch seine Hände nicht ab. Als er ihre Schenkel streichelte, sprang sie nicht wie sonst abrupt auf. Er würde ja sehen.

Seine Verblüffung machte ihn ein bisschen schafsgesichtig. Menschenskind, du bist doch zwanzig. Und du hast noch nie – Peter musste sich aufsetzen und nachdenken. Das hier – das lief nicht programmgemäß.

Sie hatte noch nie mit einem Mann geschlafen. Die Gründe dafür waren vielfältig und ziemlich verworren, so dass sie sich nicht damit auseinander setzte. Gedanken daran verdrängte. Sie hatte keine Lust, keine Lust, mit einem Mann zu schlafen. Lust. Lust auf Pralinés, Lust zum Spazierengehen, Lust zu leben. Lebenslust. Liebeslust. Damit fing Agnes nichts an. Außerdem war sie ungeschützt. Die Pille wollte sie keinesfalls. Sie hatte so viel Medizin schlucken müssen, jetzt nicht noch jeden Abend eine Hormonbombe. Auf einer Zeitschrift hatte sie eine Frau gesehen, die bis zum Hals in Pillen steckte – genauso würde es ihr ergehen, wenn sie jetzt, mit zwanzig, begänne, die Pille zu schlucken. Bis zum Fünfundvierzigsten etwa jeden Tag eine Pille.

Sie wusste durchaus, in welcher Gesellschaft sie war, wenn sie die Pille ablehnte. Agnes' Zeitungsweisheit lehrte wieder: Das taten Frauen der unteren Volksschichten, die keine ausreichenden Kenntnisse der medizinisch-biologischen Wirkung der Pille haben. Diese schlichten Frauen haben ein Unbehagen, las sie. Erfahren diffuses Missempfinden als körperliche Symptome. So ist das. Agnes hat sich informiert und weiß über sich Bescheid.

Ob das aber der einzige Grund ist, warum sie bislang mit keinem ihrer Freunde schlafen wollte, das hat Agnes noch nirgendwo lesen können. Vielleicht ist sie frigide? Hier und da hat es ihr schon mal einer ihrer Verehrer angedeutet.

Was wohl dieser Junge da jetzt denkt, überlegt Agnes, als sie Peter abwesend an einem Grashalm kauen sieht. Fast bekam sie Mitleid. Dieser Junge. Ist dreiundzwanzig und weiß nichts anderes mit einem Mädchen anzufangen, als mit ihr zu schlafen. Agnes wäre viel eingefallen zu diesem lockenköpfigen Peter. Gern hätte sie die dünne Haut unter seinen Augen geküsst, die weiche Grube unter den Jochbeinen. Gern hätte sie seinen Rücken gestreichelt. Jedem Wirbel zärtliche Namen gegeben. Doch ihr Wunsch nach Verweigerung machte das unmöglich. Das wäre unfair, wusste sie.

Eine Woche später hatte Peter sie trotzdem wieder eingeladen. Zu einem Weinfest im Mangfalltal. Kellergewölbe gedrängt voll Menschen. An einem Tisch Freunde von Peter mit ihren Mädchen. Agnes hatte die Haare gewaschen, spürte das kühle Leinen ihres Bauernrocks an den nackten Beinen. Gut schaust du aus, hatte Peter gesagt, als er sie abholte. Während der Fahrt hatte er sie immer wieder angesehen. Jetzt war es Agnes, als kämen ihr alle Gedanken abhanden. Der Geruch nach Wein, das Lachen der Menschen, sie selber an Peters Hand. In ihr war eine seltsam bebende Leichtigkeit, Erwartung – nur, worauf?

Jugend ist Trunkenheit ohne Wein. Sie hatte das gelesen und verstand es jetzt. Zum ersten Mal spürte sie diesen Rausch, der nicht vom Alkohol kommt: Schön ist das hier, es ist so leicht, zu leben.

Peter fasste ein großes blondes Mädchen am Arm. Das Mädchen lachte mit glitzernden Augen. Die Harmonie zwischen den beiden. Kurze, seltsam neue Bedrückung für Agnes.

Peter ließ das Mädchen los, zog Agnes an sich, küsste sie, dass beide beinahe unter den Tisch fielen. Agnes vergaß das Mädchen.

Ein großer Dunkelhaariger holt sie zum Tanz. Achim. Er hat ebenfalls seine Freundin dabei. Ein blondes Mädchen mit ganz kurzen Haaren, das wie ein Chorknabe aussah, wie ein himmlischer Cherub. Ja, das ist mein Mädchen, sagte Achim beim Tanzen. Dabei zog er Agnes fest an sich und streichelte sie. Schob seine Hand in ihren Nacken, grub hier und da den Kopf in ihr Haar. Seine Schenkel waren hart. In Agnes glomm ein Licht auf irgendwo ganz unten in ihrem Leib. Achim wusste das. Der zündete oft solche Lichter an. Genau wie Peter.

Du gefällst mir, sagte Achim. Du hast so was Samtiges, Katzenpfotiges. Du bist ein stilles Wasser, he?

Agnes versuchte, ihre Augenbrauen in einer Weise zusammenzuziehen, wie sie das einmal zufällig vor dem Spiegel getan hatte. Damals, so schien es ihr jedenfalls, hatte ihr Gesicht etwas Rätselhaftes gehabt. Und da die Mutmaßungen dieses hübschen Jungen sie unsicher machten, obwohl sie ihr schmeichelten, schien ihr Schweigen und ein Rätselgesicht angebracht.

Schließlich war Peter gekommen. Lachend. He, ihr tanzt mir aber zu lange und vor allem – zu eng. Die beiden, Achim und Peter, hatten sich gegenseitig auf die Schultern geschlagen und gelacht. Der Chorknabe aber hatte Agnes böse aus schmalen Augen angeschaut.

Und sie ahnte, dass sie sich heute in einen Reigen eingereiht hat, mittut bei einem Spiel, von dem sie noch nichts weiß. Einem Spiel, das unter vielen Namen auch den der Liebe hat, deshalb aber keineswegs liebevoll ist, nicht voll Liebe, eher voll Härte und Mitleidlosigkeit. Eine Ahnung von künftigen Verletzungen und Niederlagen hätte beinahe ihre neue schöne Trunkenheit verdrängt. Doch sie will sich heute Abend nicht fürchten. Sie will dies ungewohnte Erlebnis der Freude und Stärke nicht wegdenken, wegfürchten. Sie will stark sein, heil und furchtlos wie die anderen.

An diesem Abend hatte sie mit Peter geschlafen. Oder hatte Peter mit ihr geschlafen? Keinesfalls hatten sie miteinander geschlafen! Ihre Schuld. Wieder ihre Gedanken. Sie hatten sie ständig von diesem wichtigen Ereignis weggeführt, maßen einfach ihrer Defloration keine Bedeutung zu. Trieben sich bei Achim und dem schönen Chorknaben herum und bei Peters Griff nach dem Mädchen. Nur durch ihr ärgerliches und schließlich energisches Zurückmarschmarsch konzentrierten sie sich schließlich kurz aufs Geschehen. Ließen sie Peters haarige, starke Schenkel spüren. Ist sie ein Schenkelfetischist? Jetzt ja nicht wieder vom Thema weg, ja? Agnes wollte sich auf Peters gezeichnetes Kindergesicht konzentrieren, ihn streicheln für seine linkische Behutsamkeit: Ich will dir doch nicht wehtun. Sie drängte sich eng an ihn und befahl sich, diese vertrauensvolle Haut zu spüren, den mageren Körper. Der jähe kurze Schmerz überraschte sie viel weniger als Peters Schreie, die in viele kleine Schluchzlaute übergingen.

Hätte er doch geweint.

Iris' Erstaunen, dass Agnes nur mit Peter geschlafen hat. Sie und Iris sind gleichaltrig. Warte, sagt Iris, lass mich mal meine Lover nachzählen. Sie benötigt alle Finger ihrer Hände, bräuchte mehr Hände, schlägt die Augen zum Himmel und zieht, als wäre sie betroffen oder überrascht, die Unterlippe zwischen die Zähne. Sagt: na ja, zählen wir lieber nicht.

Agnes beneidet Iris. Iris steht frei und sicher, weiß genau, was sie will. Jedenfalls scheint es ihr so. Wenn Iris sich anlehnt, dann an ihre Arbeit. Meine Brust zum Anlehnen ist mein Job, sagt Iris. Robert, ihr Freund, will aber erste Geige spielen bei Iris. Deshalb schimpft Iris: Alles will er haben, seine Familie, seine Arbeit, mich. Er will mich vollkommen vereinnahmen, ummodeln, mich schaffen nach seinem Ebenbilde. Aus Liebe. Wohin gehst du, wann kommst du zurück, mit wem gehst du, kann ich dich dort erreichen, was ziehst du an, ach nein, bitte nicht diesen Fetzen, du bist eher ein Ladytyp, zieh dich nicht immer so freakig an. Was liest du derzeit, hm, ja, mal so zwischendurch. Aber wichtiger für dich wäre, wenn du endlich mal Norbert Elias lesen würdest, den ich dir schon vor Monaten gebracht hab …

Iris bekommt mit Robert schnell Streit. Wir liegen uns ständig in den Haaren, sagt Iris. Robert sagt, das kommt nur von unserer mangelnden Kommunikation. Kommunikation bedeutet für Robert, dass er mich auffressen will, sagt Iris.

4

Iris. Agnes muss mit Iris reden. Gut, dass Alexander schon schläft. Sie setzt Peter vor der »Distel« ab und fährt dann zu Iris. Die schöne alte roséfarbene Tür. Im Torbogen riecht es nach Fleisch und Blut. Wenn Agnes früher kommt, sieht sie manchmal den Metzger rosafarbenes Wasser wegschütten. Zu Iris fährt kein Lift. Bis unters Dach geht Agnes die Stiegen hinauf. Vorsicht, frisch gewachst. Viele Leute im Haus haben lustige Türschilder, Gipsputten oder röhrende Hirsche. Über Iris' Klingel aalt sich ein dicker Engel. Iris ist müde. Sie hat heute einen Artikel abgegeben und musste viel Text streichen. Ich kann mich immer so schlecht trennen von meinem Mist, sagt Iris. Sie ist aber trotz der Müdigkeit guter Dinge. Es hat eigentlich ganz gut geklappt, diesmal, sagt Iris. Sie hat Schriftsteller, Schauspieler und Politiker zum Thema Ehe befragt. Jetzt erzählt sie Agnes von einem Schriftsteller, dessen Bücher sie beide kennen. Er hat Iris stark beeindruckt. Er hat ständig im Plural gesprochen, sagt Iris, ohne jede Häme. Wir, die wir schreiben, hat er gesagt. Du, ich hätte ihn umarmen mögen. Er hat so gute Gedanken in seinem schönen grauen Kopf, und er gab mir davon ab. Ohne jeden Hochmut.

Agnes hört gern zu, wenn Iris von ihrer Arbeit erzählt. Von der Schwierigkeit, interessante Leute für Interviews zu finden, überhaupt neue, gute Themen zu finden, die junge Frauen interessieren. Sie weiß, sie könnte nie Journalistin werden. Fremde Leute nach ihrem Leben zu fragen, das würde sie sich nie trauen. Es erschien ihr außerdem irgendwie obszön. Warum, das konnte sie sich nicht einmal selber erklären, und sie schob ihren Gedanken rasch in die Rumpelkammer zu den anderen.

In Iris' Wohnung hat sie sich sofort daheim gefühlt. Am meisten liebt sie das kleine Jugendstilzimmerchen. Die florale grünlila Tapete, der Gläserschrank aus Mahagoni, die Lampe, die Iris aus einer Jugendstil-Briefschale selbst gemacht hat. Drei Stufen führen zu einem winzigen, efeubewachsenen Balkon, von dem aus man über viele Dächer Schwabings schauen kann. Agnes liebte diese Illusion des Verwunschenseins, die Geräusche aus den anderen Wohnungen, so viel Leben um einen herum. Freude. Traurigkeit. Agnes möchte überall zu Gast sein, alle kennen lernen, die Kinder, die Alten, die Frauen.

Iris ruft sie ins Wohnzimmer. Ob Agnes von vornherein Mut gehabt hätte zum lila Teppich und gelben Polstermöbeln? Wohl nicht, aber hier, bei Iris, fand sie es schön. War viel mehr zu Hause als in ihrer eigenen Wohnung, die früher Mutter gehört hatte. Ich habe meinen jungen Leuten die Wohnung überlassen, sagte Mutter. Agnes hätte viel lieber Mutters Dachzimmer gehabt. Aber Mutter meinte es gut. Wie sieht das denn aus, wenn ich alte Frau allein in der großen Wohnung lebe und ihr mit dem Kind unterm Dach. Sogar das Schlafzimmer hatten Agnes und Peter geerbt. Es ist aus Palisander, sagte Mutter stolz. Solche Möbel kann man heute nicht mehr bezahlen.

Agnes mochte eigentlich nur Alexanders Zimmer. Das Paidibett war noch von Peter, Agnes hatte es schwedenblau gestrichen. Auch die alte Wickelkommode war unterm Pinsel erblaut. Bei einem Antiquitätenhändler hatte

Agnes einen alten Kinderschaukelstuhl gefunden. So teuer, dass er ihr Telefonistinnenkonto fast eingeebnet hatte. Das sagte sie niemandem, gottbehüte. Alexander liebte seinen Stuhl, und sie hatte das vorausgesehen. Als dickes Baby mit braunen Wangen (die Kinderärztin sagte mal, Mensch, dem Alex kann man bald von hinten an die Backen spucken), schon als dickes Baby lag Alex auf dem Bauch und schubste seinen Stuhl an. Immer wieder. Aufmerksam verfolgte er dann die Schaukelbewegung.

Iris fand auch, dass nur das Kinderzimmer hübsch war. Schmeißt doch den ollen Krempel raus, sagte Iris. Iris kannte Mutter schlecht. Mutter kommt nicht runter, wenn Iris da ist. Mutter mag keine Journalisten. Die lügen, was sie beten. Lore fand Iris arrogant. Pass auf Peter auf, sagte Lore zu Agnes.

Ob Peter sich wünschte, mit Iris zu schlafen? Peter hatte, das wusste Agnes, vor der Heirat verschiedene Freundinnen gehabt. Doch schien es ihr selbstverständlich, dass Peter nur noch mit ihr schlief. Ob sie auf der Straße ein Liebespaar sah oder in einem Magazin, ob sie im Film oder in Büchern Liebesszenen fand und Lust bekam – ihre Lust hieß Peter. Alles, was sie sich unter Liebe beziehungsweise Sexualität vorstellen konnte, endete bei Peter. Eigentlich erst im Zusammenhang mit Iris hatte sie angefangen darüber nachzudenken, ob Peter sich andere Frauen wünschte. Peter hatte immer Lust, mit Agnes zu schlafen. Mit ihr verhielt sich das anders. Oft, während des Tages, wenn sie vom Fenster aus auf die Tannen sah, sie in ihrem Tanz mit dem Wind ständig andere Farben zeigten, dann konnte es sein, dass sie heftige Sehnsucht nach Peter bekam. Oder wenn sie im Radio ein Klavierkonzert hörte, dann konnte sie randvoll mit Freude sein und wünschen, dass Peter jetzt da wäre. Dass sie zärtlich sein könne zu ihm. In ihren Gedanken fand Agnes viele Liebkosungen für Peter, ihre geträumten Zärtlichkeiten waren oftmals derart heftig und brennend, dass sie zu Peter gewollt hätte, jetzt und sofort. Stattdessen stand sie am Abwasch. Hoffte, ihr Verlangen würde anhalten bis zum Abend. Zu einem Abend, an dem Peter nicht in der »Distel« spielte. Denn leider war es meist so, dass ihre sehnsüchtigen Phantasien verflogen und bei Peters Heimkommen nicht mehr verfügbar waren.

Peter dagegen schien weder Tannenwipfel noch Klavierkonzerte als Stimulanz zu benötigen. Es gefiel Agnes außerordentlich, wenn Peter auf diese selbstverständliche Weise zu ihr ins Bett glitt, wenn sein magerer Schenkel sich kühl und hart neben ihr ausstreckte. Diese Selbstverständlichkeit gefiel ihr unsagbar, schien ihr ein Vertrauensbeweis.

Iris hielt es nicht für wahrscheinlich, dass zwei ein Leben lang nur miteinander schlafen. Ich will jetzt nicht von eurer Ehe reden, ihr habt euch ja erst vier Jahre – aber absolute Treue halte ich für unmöglich, sagte Iris. Das kannst du einfach nicht bringen. Stell dir das mal vor, dreißig Jahre immer mit demselben Menschen. Wer ein Leben lang miteinander in einem Boot sitzt, sagte Iris, der muss dem anderen schon mal Landausflüge gestatten. Wenn ich einen Mann hätte, sagte Iris, würde ich ihn eben niemals fragen.

Agnes fragte Peter auch niemals. Aber Landausflüge, so wie Iris das beschrieb, Landausflüge möchte sie Peter doch nicht erlauben. Nicht einmal vorstellen wollte sie sich das.

Iris hatte rasch geduscht, während Agnes in der schmalen Küche einen Tee braute. Dabei hatte sie Zeit, Iris' gesammelte Tabletts anzuschauen. Sie kamen aus China, aus England und Frankreich und waren von seltsamem Reiz für Agnes.

Agnes sammelte nichts. Jedenfalls ließ sich das nicht präsentieren, wenn sie Alexanders und Peters Wäsche sammelte, all die Socken und Söckchen, Hemden und Hemdchen sammelte sie für die Wäsche. Geschirr sammelte sie auch. Aus den Winkeln der Wohnung Alexanders Kakaobecher, im Keller das Essgeschirr der Musiker. Bei Iris sammelte sich Geschirr in der Spüle. Ich krieg nicht mal meinen Einmannhaushalt in den Griff, sagte Iris. Das verstand Agnes, und es tröstete sie. Mutter und Lore wiesen ihr fast täglich nach, dass sie ihren Dreimannhaushalt ebenfalls nicht im Griff hatte. Was, du nimmst Scheuerpulver für das Waschbecken? Weißt du nicht, dass davon das Porzellan verkratzt? Heute wäre ein guter Tag zum Fensterputzen, sagt Mutter. Die Sonne scheint nicht, aber es ist warm. Nimm am besten Essig ins zweite Wasser und zum Trockenreiben Zeitungspapier. Ich helfe dir gern beim Hausputz, das will gelernt sein, sagt Mutter. Agnes sah, dass Mutters und Lores Wohnungen glänzend gepflegt waren. Es entmutigte sie, dass sie nicht einmal oberflächlich Ordnung halten konnte. Nicht erst, seit Alex mit Pudding- und Schokoladenhänden als Ausrede dienen musste. Mutter ließ das nicht gelten, wenn Peter seiner Frau beistand. Wenn er Mutter erklärte, dass Alex so rasch nach dem Essen durch die Zimmer kurvt, dass man ihm nicht mal die Hände abwischen kann. Dass er sich inzwischen selbst Kakao mit Milch anrührt oder Limonade einschenkt. Das darf Agnes eben nicht zulassen, sagte Mutter, kein Wunder, dass es immer so aussieht bei ihr. Und Alexanders Freude, sich selber Brote zu schmieren, gefiel Mutter ebenso wenig. Ihr habt das auch nicht gedurft, sagte sie zu Peter.

Die Unordnung, in der Iris lebte, beruhigte Agnes. Aufatmend legte sie einige Kleider beiseite und setzte sich. Iris, unter ihrem Kimono exotisch duftend, lobte den Tee. Du machst den genau richtig, ich lass ihn immer zu lange ziehen. Iris fand immer etwas zu loben an Agnes.

Friedliche Stille. Agnes schaute ihre schöne Freundin an. Das lange offene Kraushaar war nass, ringelte sich aus Iris' runder Stirn. So völlig ungeschminkt und ruhig, wie Iris dasaß, sah sie aus wie eine Porzellanfigur. Ja, auch so zerbrechlich. Dabei wusste Agnes, dass Iris lebendiger sein konnte als die meisten Menschen. Bei einem Streit mit Robert in einem Schwabinger Lokal hatte Iris den Tisch mit allem, was darauf stand, umgestoßen. Seither hatte Iris dort Lokalverbot. Wie Iris tanzte! Agnes hatte das zum ersten Mal im »Eastside« gesehen. Iris tanzte so, wie Agnes in ihren Träumen. In einer roten Seidenbluse, die mit Iris' Rouge um die Wette zu glühen schien, in roter Seidenbluse und Bauernrock hatte Iris im »Eastside« die Tanzfläche in Brand gesetzt.

Iris stellt jetzt die Teetasse weg, setzt sich nahe zu Agnes. Sie nimmt ihre Hand – woher hast du diese kräftigen Linien, lang ist sie ja nicht, deine Lebenslinie, aber da, sieh, du wirst noch mehrere Männer haben, von wegen ein Leben lang Peter, nix da, und du wirst noch beruflich viel machen, hier, sieh doch ...

Mit ohnmächtiger Erbitterung spürt Agnes, wie ihr alles abhanden kommt, wie die verdammte Angst alles zerstört, die Nähe zu Iris, die ihr sanft die Hände und Arme streichelt. Sie möchte das doch haben, möchte Iris' duftende Zärtlichkeiten haben, die nasse Pracht ihres Haares. Es nützt nichts, dass sie sich darin vergräbt, es hilft nicht, dass Iris sie fest in die Arme nimmt. Iris ist weit, so infam weit weg von Agnes. Verzweifelt starrt sie auf das Lila des Teppichs. Muscheln sind das, lila Muscheln, irgendwo, nur nicht bei Agnes. Die Ofenplatten, sie will sich daran festhalten. Ein Freund hat sie für Iris gemacht, ja, toll, wie der das gemacht hat. Einfach Platten mit Puppen, Putztüchern und Gräsern beklebt und das Ganze wieder und wieder überstrichen. Sie will sich an die Vorstellung eines jeden Arbeitsganges klammern, Agnes wird das auch machen, ganz genauso für Alexanders Zimmer. Oder die rosa Collage dort an der Wand. Agnes macht sich los von Iris, sie springt auf, rennt zu dem Bild, ihre Hände wollen sich halten an Taschenuhren, Püppchen, Vogelnestern, Holzstücken. Alles rosé übermalt. Rosé. Ihre Lieblingsfarbe, hilft aber nicht, sie stürzt unaufhaltsam, immer tiefer, tastet sich zurück zu Iris, die fragt, was mit ihr los sei.

Sie hört sich reden, Iris erklären, dass sie in letzter Zeit diese Zustände habe, diese Zustände … Sie spürt ihre Worte wie hölzerne Perlen aus sich herausrollen, hört, wie sie ziellos und wirr im Raum herumkugeln. Was ich auch schlucke, hört sie sich sagen, Valium, Librium oder Nobrium, es macht mich nur dumpf, lässt mich schlafen, o ja, schlafen kann man besonders gut mit Mogadon, sie kennt sich aus inzwischen, sie ist gut ausgerüstet. Längst lässt sie sich von wechselnden Ärzten auf Privatrechnung immer neue Medikamente verschreiben. Hortet Tranquilizer und Weckamine in allen möglichen Verstecken. Und wenn sie am Tag bleiern müde ist, gibt es wieder eine freundliche Kugel, die heißt Tradon, lässt sie bequem weiterleben, bis die Chemie und damit auch sie wieder am Ende ist.

Iris sitzt stumm, sagt schließlich, dass Agnes die Tablettenfresserei aufhören solle. Die unterdrücken doch nur die Symptome, sagt Iris, deine Probleme lösen die nicht. Was dich krank macht, sagt Iris, sind die beiden Xanthippen über dir. Ich wundere mich schon lange, wie du das aushältst. Du lässt dich von denen bevormunden, lässt sie ihren Frust an dich loswerden, und dann wunderst du dich, dass du Depressionen kriegst. Wenn du auf mich hörst, ziehst du da aus und suchst euch eine eigene Wohnung.

Agnes kann nicht glauben, nicht ernsthaft glauben, dass Mutter oder Lore die Ursache ihrer Angstzustände sein könnten. Auch mit Hilfe von Iris begriff Agnes das nicht. Sie, die seit ihrer Kindheit Schuld bei sich selber suchte, machte sich auch jetzt dafür verantwortlich, dass sie die Barriere zwischen sich und Peters Familie nicht überspringen konnte. Mutter und ganz besonders Lore waren fürsorglich und lieb zu Alexander, das sah Agnes jeden Tag. Beide wollten ihn hüten, ihn beschenken, ihn liebkosen. Mutters Gesicht wurde schön, wenn sie Alex beim Spielen zusah. Lore nähte für den Jungen Sachen, die sie aufwendig bestickte und sogar witzig bemalte. Warum gelang es ihr, Agnes, nicht, die Zuneigung der beiden Frauen zu gewinnen? Warum ging sie ihnen am liebsten aus dem Weg, warum bekam sie schon Angst, wenn sie die beiden im Treppenhaus hörte? Lore stritt oft mit Mutter, das konnte man nicht überhören, trotzdem machten sie fast alles gemeinsam. Lore hatte nie Freundinnen, sagte Peter, sie war immer mit den Eltern zusammen. Grässlich, sagte Iris, das ist ja eine grässliche Frusthenne.

Agnes spürt auch jetzt Iris' Verstimmung, ihre Ungeduld. Was Iris nicht wissen kann, ist, dass Agnes nicht die Wahl hat. Sie kann nicht einfach bei Mutter ausziehen. Bei Peters Verdienst, 2000 Mark netto, bei den Kosten fürs Auto, Versicherungen und Telefon blieb einfach nichts übrig, zumal Peter für seine Instrumente Geld brauchte, sein Spiel in der »Distel« bürdete der Familie vorderhand noch Kosten auf. Müssten Peter und Agnes auf dem freien Wohnungsmarkt eine Wohnung mit Garten und Garage mieten, würde die mehr als das Doppelte der Miete kosten, die sie Mutter zahlten. Wir werfen unser Geld doch nicht fremden Leuten in den Rachen, sagt Mutter. Das Haus, das Peter und Lore einmal von Mutter erben werden, ist groß und kostet viel zur Instandhaltung. Ausziehen, das würde eine Absage an Mutter sein, davon wollte Peter nichts wissen. Das hatte Agnes begriffen.

Doch inzwischen war Agnes so weit, dass sie sich manchmal Streit und Ärger mit Mutter wünschte, um damit die Angst zuzudecken.

Sie versuchte, das alles Iris zu erklären, die ihr mit verschränkten Armen zuhörte. Obwohl Agnes genau spürte, wie ihre Gedanken auf dem Weg vom Hirn über die Zunge sich veränderten, zerfaserten, verblassten, sich bis zur Unkenntlichkeit zersetzten, obwohl sie von ihrem Misserfolg überzeugt war, setzte sie von neuem an: Ich sehe dich da sitzen, sagte sie verzweifelt, ich sehe dich da sitzen und kann nicht hin zu dir, verstehst du, ich fühle mich von dir getrennt, endgültig, bösartig. Bitte, versteh, ich kann keine Minute allein sein mit mir, keine Minute ohne Alexanders Geplapper, ohne Lärm, ohne Musik, ohne etwas zu tun. Ich muss mich hetzen, mir irrsinnige Termine machen, um mich abzulenken, ich muss mich pausenlos beschäftigen, mich an den lächerlichsten Dingen festhalten. Ich fürchte jeden Tag, der anfängt, und jeden Abend, der herankommt. Ja, besonders die Abende fürchte ich. Am liebsten würde ich mich verkriechen irgendwo in einen Wald, mich so fest in mich zusammenrollen, so lange, bis nichts mehr von mir da ist, was denken kann, Angst haben kann. Ich glaube, ich werde verrückt …

Iris' Augen werden groß, ihr Porzellangesicht sieht für einen Moment aus wie eine erschrockene Puppe. Agnes spürt ihr Zurückweichen, die Ablehnung. Obwohl Iris sie jetzt wieder in die Arme nimmt, unablässig ihren Rücken streichelt.

5

Diese hinter Zärtlichkeiten verborgene Ablehnung. Wie bei Peter, wenn er nachts wach wird, weil Agnes in der Wohnung herumläuft, mitten in der Nacht Essen kocht, Valium nimmt. Hast du wieder diese Unruhe, fragt Peter dann, und Agnes hört in der Frage schon die Bitte um Verschonung. Peter will nichts Näheres wissen, will nur weiterschlafen dürfen. Wenn Peter überhaupt heimkommt zum Schlafen. In letzter Zeit kommt Peter immer seltener abends heim. Bleibt bei Sigi und Joko. Es wird immer so spät, sagt Peter, da lohnt sich das Heimfahren kaum noch.

Peters Vater ist nie abends ausgeblieben, sagt Mutter. Karli würde nie ohne mich weggehen, sagt Lore. Beide geben Agnes die Schuld, dass Peter so oft in Schwabing bleibt. Sie möchte Peter bitten heimzukommen. Sie kann nachts immer weniger gut allein sein. Wenn Peter heimkommt, ist die Nacht nicht so endlos. Aber sicher ist es so, dass Peter nicht heimkommt, weil er nicht mit seiner Frau über ihren Zustand reden will.

Peter hat es nicht leicht. Sein Chef bei Siemens, ein dicker, apoplektischer Mann über fünfzig, hat von Peters Arbeit in der »Distel« erfahren. Kein Wunder, dass Sie nachlassen im Beruf, hat er gesagt, sind ja permanent unausgeschlafen. Wir brauchen Leute, die voll hier bei der Sache sind. Peter spürte den Neid des Älteren, war aber machtlos gegen seine Gehässigkeit, gegen ungerechtfertigte Vorwürfe, die immer häufiger kamen. Und die Kollegen duckten sich. Gemeinsam mit Peter schimpften sie über den Chef, seinen miserablen, emotionalen Führungsstil. Kam es aber darauf an, redeten sie doch dem Chef das Wort.

Deshalb hätte Peter ein Recht darauf, daheim eine verständnisvolle, heitere Frau vorzufinden, ein Nest zum Ausruhen. Aber Agnes? Sie ist ein zusätzliches Problem für Peter, eine Belastung, die er nicht auch noch aushält. Sie kann das verstehen. Sie kann auch Iris verstehen.

Iris, die jetzt sagt, dass da kein Mensch und kein Gott helfen könne. Du musst zu einem Psychiater, sagt Iris.

Ihre Erschöpfung. Die ständige Abwehr der Angst, der unaufhörliche, vergebliche Kampf machen Agnes müde. Sie will heimfahren, spürt Iris' Erleichterung darüber.

Es ist, als schaue sie ihrem eigenen Leben zu. Als stehe sie am Zaun wie eine Fremde. Dies hier ist doch meine Heimat, sagt sie sich. Hier habe ich meine Familie, Mann und Kind. Heimat, Familie, Mann und Kind. Wie Gesteinsbrocken liegen die Begriffe in ihrem Bewusstsein. Wie Berge, mit denen man einverstanden sein muss. Wir sind echte Münchner, sagt Mutter. Seit Generationen Bayern. Mutter stammt aus einem Möbelgeschäft, das es heute noch gibt. Das Familiengrab im Waldfriedhof. Heimaterde.

Agnes ist sich nicht schlüssig, ob sie eine Heimat hat. Ist da Heimat, wo sie geboren ist, wo sie sechs Jahre mit Mama lebte? Oder ist es die Böcklinstraße, wo sie mit Großmutter wohnte. Sie weiß es nicht. Sie fühlt sich nicht zugehörig. Fühlt sich auch in Peters Elternhaus nicht zugehörig. Mutter und Lore müssten ihr das gar nicht immer wieder deutlich machen.

Ich kenne niemanden von meiner Familie, denkt Agnes. Sie kennt Peter nicht. Was weiß sie denn von ihm? Dass er morgens nicht ansprechbar ist, ehe er die Zeitung, seine französischen Zigaretten und schwarzen Kaffee hinter sich hat. Dass er geduldig darüber hinwegsieht, wenn Agnes wieder mal die Kocherei nicht im Griff hat. Das macht doch nichts, Spatz. Sie weiß von ihm, dass er nicht an Gott glaubt und in seinem Beruf schon lange keinen Sinn mehr sieht. Dass er im Sommer gern im Biergarten hockt. Dass er seinen Sohn auf eine liebevoll-ungeduldige Art gern hat und dass er beim Lieben in aller Regel zwei Mal kommt. Was weiß sie sonst von ihrem Mann, der am liebsten in einem verrauchten Keller hockt und Jazzmusik macht? Dass sein blasses Gesicht mit den tief liegenden Augen ihr oft ungewollt Sehnsüchte verrät, an denen er sie nicht teilhaben lässt, vor denen sie sich fürchtet.

Was weiß sie von Mutter? Dass sie Peter geboren hat und von ihm enttäuscht ist, weil er nicht studierte wie sein Vater. Dass er all die Möglichkeiten, die sein Elternhaus ihm bot, nicht nutzte, nur Jazzmusik im Kopf hatte. Und dann die Schwiegertochter. Von irgendwoher. Der Himmel mochte wissen, wie dies aufsässige, versponnene Ding ihn eingefangen hatte. Agnes weiß, dass Mutter auch von Lore enttäuscht ist, die sie gern als Frau eines Münchner Arztes gesehen hätte. Es ist für Mutter ein Abstieg, dass sie keine Akademikerfamilie mehr hat.

Lore. Was weiß Agnes von Lore? Nur, dass die Schwägerin sie verabscheut. Von ihr nur Alexander will, das Bruderkind. Dass Lores Familie ohne Agnes komplett wäre. Lore liebt Alex. Deshalb kann sie Agnes nicht mehr wehtun. Durch Alexander ist Agnes jetzt stärker als Lore, uneinnehmbar. Karli. Ihn kennt Agnes gut. Lore darf nicht wissen, wie sehr Karli Agnes mag. Gestern hat er ihr Blumen gebracht. Schnell abgegeben an der Tür. Karli ist stark. Er hat seine riesigen Bodenflächen, die er vermessen kann, er hat seinen zuverlässigen Horizont und die Genauigkeit seiner Instrumente. Karli mit seinem »aber wirklich« ist Heimat.

Alexander. Seine dicken bräunlichen Hände. Seine zornigen Tränen, sein kehliges Lachen, das Bübchengesicht. Seine Gutmütigkeit, mit der er morgens still im Zimmer spielt, wenn sie nach dem Valium nicht zu sich kommt. Seine strammen braunen Beine. Alex stellt sich vor seine Mutter, wenn die Oma schimpft. Oma böse, sagt Alex, schaut feindselig. Das Kind ist total verzogen, sagt Mutter. Aber in Alex' Beisein unterlässt sie Kritik an Agnes.

Alexander. Seinetwegen hängt Agnes am Leben. Leben. Ist das noch Leben? Einschlafen geht für sie nur noch mit Mogadon, ihre ständige Unruhe deckt sie zu mit Valium oder Librium. Angenehm sind nur die Minuten, die auf die Einnahme folgen, die entspannende Wärme, auf die dann der Schlaf kommt. Doch das Aufwachen ist bleiern. Jeder Tag liegt vor Agnes wie eine unlösbare Aufgabe. Manchmal erscheint es ihr unmöglich, Alexander für den Kindergarten anzuziehen, ihm Frühstück zu machen. Mutter passt auf, wenn sie verschläft. Sie versorgt dann den Jungen. Mutter findet Agnes wehleidig. Der Arzt hat Mutter gesagt, dass bei der Schwiegertochter organisch alles in Ordnung sei. Dass es am vegetativen Nervensystem liegen müsse. Mutter hat es immer gewusst. Die Schwiegertochter ist nicht ganz dicht, voller fixer Ideen, aber ständig müde. Dass Peter sich das bieten lässt. Sie müsste was Ordentliches arbeiten, dann käme sie schon auf andere Gedanken. Am helllichten Tag lesen, Musik hören, wie eine Verrückte schwimmen. Das Kind macht sie auch noch kaputt, beeinflusst es gegen die Oma.

Wenn mein Mann noch lebte, wenn euer Vater noch lebte … das sagte Mutter immer, wenn sie sich gegen Peter oder Lore nicht durchsetzen konnte. Dabei hat sie sich mit dem Alten doch nur gestritten, sagte Peter zu Agnes. Die haben sich doch gehasst, die beiden, weil sie wegen mir heiraten mussten …

Agnes hat oft Mitleid mit Mutter.

Sie fühlt sich untauglich. Mutter hat schon Recht. Wenn nur die Abende nicht so lang wären, die Wohnung nicht so leer. Alexander schläft. In letzter Zeit hat sie Angst, dass sie dem Kind was antun könnte. In einem Buch über Depressive hat sie gelesen, dass Frauen in Anfällen von Verwirrtheit ihre Kinder umgebracht haben. Im ›Stern‹ las sie, dass eine junge Frau ihre drei kleinen Kinder in der Badewanne ertränkt hat. Es gab keinen Grund, hieß es, die Mutter selbst machte keine Aussage, Depressionen, hieß es.

Das ängstigte sie maßlos. Wenn sie Alexander schlafen sah, seine geballten Fäuste, sein Puppengesicht, über das manchmal ein Zucken lief. Die wirren Haare feucht im Nacken. Dann konnte sie nicht mehr an seinem Bett sitzen bleiben.

Angsterfüllt rannte sie aus dem Kinderzimmer, in panischer Furcht vor sich selber. Wie, wenn ich Alex umbringe? Der Gedanke glomm zumeist in Agnes, aber er konnte jederzeit hochschießen wie eine Flamme, wie ein Feuer, das rasend schnell um sich greift.

Sie will sich fortschaffen. Nicht mehr diese Gedanken denken, nur schlafen, wegsein. Sie rennt ins Bad, guter Gott, wo ist das Valium? Verdammt, sie hatte ja gestern wieder so gezittert, dass alle Tabletten in den Abfluss rollten. Mit Mühe hatte sie noch eine gefischt.

Was jetzt. Die Stille im Haus fiel auf sie wie ein Stein.

Sie sah auf die Uhr. Fünf nach eins. Wohin? Der einzige Mensch, der jetzt nicht schlief, war Peter.

Leise schlich sie zur Garage. Ich fahre zu Peter. Zu Peter! Er soll heute heimkommen, bei mir schlafen, mit mir schlafen. Er muss. Sie hielt sich an diesen Worten fest, hielt sie wie ein Schild vor sich. Sie drehte das Autoradio auf. Eine glasklare, seidenhelle Stimme trieb ihr die Tränen in die Augen. We shall overcome. Zornig trat Agnes aufs Gas. We shall overcome. Sie drehte die Scheibe herunter, der Fahrtwind griff fest in ihr Haar, schlug es ihr ins Gesicht. We shall overcome.

Peter. Wenn sie auch nicht mit ihm reden konnte, sollte er wenigstens neben ihr schlafen. Sie spürte, dass sich Peter, wenn das überhaupt möglich war, noch weiter von ihr entfernte. Und dass sie die Schuld daran hatte. Ihre Schuldgefühle. Es gab Tage, an denen sie sich beim Aufwachen einem Berg Schuld gegenübersah. Schuldgefühle gegenüber dem Kind, gegenüber allem und jedem. Was brachte sie, was leistete sie? Keine Anstrengung kam von ihr, am Rad mitzudrehen. Ich bin zu nichts nütze, dachte sie. Was bin ich für Peter? Eine, die spinnt, wehleidig ist, nachts in der Wohnung herumrennt, alle Welt verrückt macht wegen ihrer blöden Angst. Ist es nicht klar, dass Peter abhaut? Dass er das von sich weghalten will, davon abrücken will. Peter ist lieber bei den Leuten in der »Distel«, klar. Leute, die locker kompensieren. Was Wunder, dass sie ihm auf die Nerven geht.

Die Leopoldstraße liegt ruhig. Noch schöner fast als in den Abendstunden, wenn bunte Autoschlangen aneinander gereiht dahinrollen. Wenn unbesorgt lachende, plaudernde Leute die nach Pizza duftenden Gehsteige bevölkern.

Agnes sehnt sich nach der Zeit, als sie noch heil war.

Als sie Luft noch schmecken konnte. Sich freuen über eng aneinandergeschmiegte Paare. Hüfte an Hüfte. Wie sie und Peter. Vor Ewigkeiten.

Vor der »Distel« hockten drei Farbige. Sie klopften rhythmisch auf ihre Knie, wiegten die Köpfe, sahen Agnes freundlich an. Ihre breiten fleischigen Nasen, das hellrosa der Nägel, die gutturalen Stimmen. Wie arglose Kinder, auf fremdartige Weise schön.

Sigi und Joko kamen die Treppe herauf. Sigi hielt Agnes, die mit einem Gruß an ihnen vorbeiwollte, am Ärmel fest. Du, ich glaub, Peter ist schon rüber zu uns in die Wohnung, der ist schon weg. Nee, sagte ein anderer, der sich vorbeizwängte, nee, der ist noch unten. Sie war unschlüssig. Komm, sagte Joko jetzt von oben, lass uns schauen, ob er schon rüber ist zu uns. Sein schnauzbärtiges Seehundsgesicht zuckte nervös. Doch Agnes wollte erst unten nachsehen. Sie hörte, wie Sigi noch was sagte, lief aber schon die engen Treppen ins Lokal. Drei, vier Leute saßen noch an der Bar. Anschie, die Bedienung, sah ihr mit großen Augen nach. Jetzt nahm sie nur die dumpfe Luft wahr, die Dunkelheit, die sie am Podium vorbeitappen ließ in den kleinen Raum neben den Toiletten, wo die Gruppen ihre Klamotten abstellten.

Die Tür war verschlossen, und während der Sekunden oder Minuten, bis Peter öffnete, war Agnes unschlüssig. Was hatte sie hier zu suchen? Momentan war ihre Angst, die sie hergetrieben hatte, überdeckt von Ratlosigkeit, einer Art schlechtem Gewissen. Sie kam sich wie ein Verräter vor, wie ein Spion. Der Impuls zu gehen, war jedoch nicht so stark, wie das diffuse Verlangen zu bleiben.

Sie sah das Mädchen. Es stand im Zimmer und zündete sich eine Zigarette an. Zitterten ihre Hände? Es schien Agnes so, obwohl das Gesicht trotzige Gelassenheit zeigte.

Peter fand es offenbar selber überflüssig, als er Agnes fragte, was sie wolle. Sie antwortete nicht. Niemand sagte etwas. Agnes konnte für eine Weile nichts anderes denken, als dass dieses Mädchen so aussah, wie sie manchmal auszusehen wünschte. Dieses Mädchen war ein Geschöpf der Szene, gehörte zu einer Clique ohne Zahl und Namen, die aber ihre festen Gesetze und Gesichter hat. Sie saßen im Café »Venezia« oder abends in der »Klappe«, arbeiteten in Schwabinger Geschäften oder in denen der Fußgängerzone. Egal wo, sie erkannten einander, duzten sich. Das war keine Freundschaft, das war selbstverständliches Miteinanderumgehen. Ihre Gespräche über Jobs und übers Kiffen, über Stereo-Anlagen oder Nepal waren sachlich.

Sie tauschten Adressen mit Übernachtungsmöglichkeiten in New York oder Amsterdam, gaben sich so genannte Insidertips. Ob sie einander mochten oder nicht, blieb meistens unklar. Klar war nur, dass sie unerbittlich unter sich blieben. Egal auch, was sie trugen, die äußeren Merkmale blieben für Nichteingeweihte unsichtbar. Agnes hatte nie ganz begriffen, woran sie einander erkannten. Seit sie Iris kannte, sah sie klarer. Ob nun die Lippen dunkelrot waren, die Haare stark gekraust hinter einem Ohr hoch gesteckt, eng an den Kopf gedreht oder zum Zopf geflochten, sie bekam es immer erst mit, wenn der Trend schon wieder vorbei war. Es schien ein gewisser Mut dazuzugehören, derart pittoresk auszusehen, ein Mut, den Agnes nie aufbringen würde. Den sie gelegentlich aber gern gehabt hätte. Einmal hatte Iris sie geschminkt. Ziemlich rote Backenknochen, dunkles Augen-Make-up mit viel Kholstift, das Haar wirr ins Gesicht gekämmt. Iris gefiel das Ergebnis, Agnes fühlte sich unbehaglich, wusste, dass ihr das Entscheidende fehlte, der Mut, das Selbstbewusstsein, das erst die Glaubwürdigkeit ausmachte.

Es war wohl vor allem Peters wegen, dass sie sich manchmal wünschte, so witzig und lässig auszusehen wie jetzt dieses Mädchen, das offenbar zu Peter gehörte. Warum sonst verschlossene Türen?

Nicht nur diese Überlegung machte Agnes elend. Es war die Konsequenz, dass dieses Mädchen in die »Distel« passte, zu Sigi und Joko, zu Anschie und – zu Peter.

Peter gehörte dazu. War ein Typ. Als er ein Kind gewesen war, auch noch als Jugendlicher, hatte er nicht als hübsch gegolten. Das wusste sie von Bildern, aus Erzählungen. Dazu war Peters Nase zu groß, zu schartig, seine Augen standen eng beieinander. Seine linkische Größe hatte ihn unbeholfen gemacht. Einmal hatte er ein Mädchen zur Tanzstunde eingeladen, das ihn brüsk abwies. Am nächsten Tag hatte sie angerufen: Das hättest du doch gleich sagen können, dass du der Sohn vom Direx bist. Nora, seine erste feste Freundin, hatte sich mit siebzehn verlobt. Aber nicht mit Peter – ein wohlhabender Vierzigjähriger hatte ihr geschmeichelt. Irgendwie bringst du das nicht los, wenn dich eine sitzen lässt, hatte Peter gesagt. Und: Mit mir wollte einfach keine gehen. Peter erzählte das zwar belustigt, doch Agnes spürte die Verletzung hinter der lässigen Schnoddrigkeit. Als sie ihn hilflos-zärtlich umarmen wollte, machte er sich frei. Er grinste verlegen: Ist doch lange vorbei, Spatz, waren doch alles Kindereien.

Agnes wusste nicht recht, wann sich offensichtlich das männliche Schönheitsideal gewandelt hatte. Nicht mehr die athletischen strahlenden Helden waren »in«. Eher die etwas verknautschten Typen, lässig und sanft ihre Zigaretten drehend, gefielen den Frauen. Agnes hatte Peter früher hübscher gefunden. Als sie sich kennen lernten, trug er die Haare sehr kurz. In seinen hellblauen Hemden mit weißem Kragen gefiel er Agnes fast besser als jetzt, wo er ein Typ war, die Haare lang und lockig trug. Manchmal band er sie im Nacken mit einem Lederbändchen. Jetzt trug er Baumwollhemden in Erdfarben und weite Armeehosen. Iris sagte auch, dass Peter ein guter Typ sei. Besonders, wenn er mit seinem Klaviergesicht am Keyboard saß.

Und dieses Mädchen hier war gleichfalls »in«. Nicht nur die biegsame Länge, die Flachheit und Bräune des Körpers, die kurzen Locken wie bei einem Jungen, die Stupsnase, die dunklen Augen. Das allein war es nicht. Die Selbstverständlichkeit, mit der sie hochhackige Pumps zu einer Art Boxershorts trug, der festgezurrte Gürtel über dem gesteppten Blouson, das passte schmerzhaft genau zu Peter.

Während sie stumm dastanden, dachte Agnes, dass sie sich wieder mal idiotisch verhielt. Ich müsste doch reagieren jetzt, irgendwas sagen. Ist es meine Fremdheit, mein Ausgeschlossensein, dass ich nichts empfinde als eine seltsame Art von Scham? Ja, als sie sah, wie der Schrecken auf den Gesichtern langsam zu Unsicherheit verfloss, da fühlte sie sich plötzlich schuldig. Sie begriff, dass auch Ahnungslosigkeit Schuld sein kann.

Allzu leicht hatte sie Peters Bitte respektiert, nicht in die »Distel« zu kommen. Weil es ihrer Bequemlichkeit entgegenkam. Sie wollte sich nicht auseinander setzen mit Peters Sehnsucht, seinem Hoffen auf eine Karriere mit seiner Gruppe. Sie wollte nicht wahrhaben, wie stark Peter herausdrängte aus seinem Büro, fort von seinen IBM-Programmierern. Sie hatte es nicht wahrhaben wollen, weil es ihre und Alexanders Sicherheit zu gefährden schien.

Dieses Mädchen gehörte viel mehr zu Peter. Wusste

mehr von seiner Musik, seinen Liedern als sie, die niemals und nirgends mehr anzubieten hatte als ihre Angst. Unsicherheit und Angst. Und nun war sie aus Angst zu Peter geflüchtet. Nicht aus Interesse, nicht aus Begehren, nicht aus Liebe war sie zu Peter gekommen, nur aus Angst. Was nun?

Das Mädchen schien sich entschlossen zu haben. Vor Agnes' Füßen trat es seine Zigarette aus. Aber dieser Ausdruck der Geringschätzung war nur Geste, notwendige Handlung. Agnes sah genau, dass keine Geringschätzung in den Augen des Mädchens war. Agnes hörte das Klack-Klack ihrer Stöckel, tappte gleichfalls zurück durch das Lokal, wo Anschie jetzt alle Stühle hochgestellt hatte. Agnes hörte vor sich immer das Klack-Klack, sah für eine Sekunde noch die schönen Beine des Mädchens, das sich im Schutz des Lokaleingangs eine neue Zigarette anzündete. In diesen Beinen schien Agnes so viel Entschlossenheit, Mut und Eleganz zu liegen, dass ihr zum Weinen war. Stumm ging sie mit Peter zum Wagen, den sie auf der anderen Seite der Straße geparkt hatte. Peter wollte fahren. Leise fluchend schob er den Sitz zurück. Er fluchte, um endlich das verdammte Schweigen zu durchbrechen. Agnes hätte gern etwas gesagt. Aber was?

Gefährlich schnell bog Peter jetzt in die Hohenzollernstraße. Agnes hätte lächeln mögen über diese kindliche Art des Sichabreagierens. Doch ihr war elend. Sie fühlte, dass sie Peter verprellte. Warum konnte sie nicht reagieren wie eine normale Ehefrau; gekränkt, eifersüchtig, verletzt. Warum konnte sie keine Szene machen? Sie hatte wieder einmal das Gefühl zu versagen.

Dieser Mann ist mein Mann – es gab einen Schlager, der so begann: Dieser Mann ist mein Mann. Mein Mann. Peter ist mein Mann. Agnes hatte diese Worte niemals so sagen können, wie sie es von anderen Frauen hörte. Die schoben diese Worte wie ein Bollwerk vor sich her. Wie Turnierkämpfer im Mittelalter hinter ihre großen Schilde zogen sie sich dahinter zurück: Mein Mann hat gesagt. Dahinter taktierten sie, waren sie siegreich. Mein Mann. Agnes fing nichts an mit diesem abstrakten Begriff. Konnte sich darin nicht einrichten. Sie haben aber einen hübschen Mann, hatte eine Schwester in der Klinik gesagt, als wäre Peter eine Anmaßung von Agnes.

Wenn sie doch nur ein wenig Ordnung in das Gestrüpp ihrer Gedanken bringen könnte. Agnes sah Peter an, der mit 120 die Schwere-Reiter-Straße hinunterjagte. Peters Lockenkopf sah unglücklich aus. Auf seiner Stirn, am lichten Haaransatz, standen feine Schweißperlen. Eine unverhoffte Zärtlichkeit war plötzlich in Agnes. Für diesen Jungen da, der doch eigentlich ein Träumer und Musikus war, der doch in Wahrheit mit allen bunten Vögeln aus der Szene alljährlich über die sonnenflirrenden Straßen südlicher Länder ziehen wollte, der aber, als Sohn einer Mutter mit raschen Händen, gehorchen gelernt hatte und deshalb Tag für Tag Datenverarbeitungsprogramme durchackerte. Der, um seine Ratlosigkeit irgendwohin zu retten, sich eine fügsame Frau und schließlich noch ein Kind aufgehalst hatte. Beiden war er juristisch und kirchlich verpflichtet – er musste sie lieben und sie versorgen. Ihre Zärtlichkeit für Peter muss in ihrem Blick gelegen haben, als schließlich das Auto vor der Garage hielt und Peter sie ansah. Ungläubig schluckte er sein Erstaunen, rannte ums Auto, riss Agnes fast aus dem Sitz und zog die neben ihm Stolpernde ins Haus. Er ließ ihr keine Zeit zum Denken, zum Ablegen der Kleider. Er bemächtigte sich ihrer, vergewisserte sich ihrer in einer Heftigkeit, dass sie mitgerissen wurde. Sie umklammerte Peter, hoffte, flehte, dass sie jetzt – endlich – auf dem Weg zueinander seien. Indem sie seine Liebkosungen erwiderte, wollte sie alle Wände durchbrechen. Durch Peters Haut hindurchlieben wollte sie. So, wie sie manchmal den Höhepunkt herankommen spürte, so schien jetzt die Schale aufzubrechen. Agnes sah Peters übernächtigtes Jungengesicht, sah die scharfen Falten, die die Lust in sein Gesicht grub. Als er mit seinem Schrei über ihr zusammenbrach, als seine Schluchzlaute verebbten, sammelte sie die Worte, die nötig waren. Jetzt würde sie mit Peter über ihre unfassbare Trauer reden, die sie aus dem Leben herauszudrängen drohte. Sie wehrlos immer stärkeren Schuldgefühlen auslieferte. Sie wollte von der dumpfen Gleichgültigkeit sprechen, die sie von Peter entfernte. Dieser Peter, hoffte sie, dieser Peter hier an meiner Schulter, dieser Peter mit seinem Leidensgesicht, sammelt auch Kräfte, holt Luft, um mir alles über sich zu sagen. Jetzt – endlich – wird auch er sich Hilfe holen.

Behutsam streichelte sie Peters Haar, trocknete seinen schweißnassen Nacken. Immer wieder küsste sie seinen harten, mageren Rücken. Jetzt, jetzt hatte er doch ausgeruht.

Als sie Peter leise ansprach, durchzitterte ein tiefer Seufzer seinen Körper. Sie deckte Peter zu. Er schlief fest.

Es war hell im Zimmer. Halb vier. Fröstelnd suchte sie ihre und Peters Kleider zusammen. Hockte sich zu Alex ans Bett. Sie schlafen, dachte sie, und diesmal war ihre Erschöpfung größer als die Angst.

6

Zusammensein ist nicht gleichbedeutend mit Nähe. Das Zusammensein mit Peter hat Kälte erzeugt. Unsicherheit. Mechanik. Ein Morgen voller Kälte, Leere und Mechanik. Agnes denkt, dass ihr Leben Mechanik ist. Auch wenn sie sich für diesen Satz leise geniert, besteht sie trotzdem darauf. Like a puppet on a string. Ich komme nicht los von den Schnüren. Nicht mal Schmerz empfinden kann ich. Nicht durch Peters Haut hindurchlieben kann ich. Das Ehepaar auf dem Traktor. Letzten Sommer war das. Agnes fuhr mit dem Zug nach Überlingen, um eine Großtante zu besuchen. In der Nähe des Bauernhofes ein Ehepaar auf dem Traktor. Sie sahen zufrieden aus, schienen sich einig. Ihre sonnenverbrannten Gesichter ähnelten sich. Wenn Agnes mit Peter gemeinsam arbeiten, einen Hof bewirtschaften könnte. Sie möchte mit Peter einig sein, ihm ähnlich.

Auf einer Wiese harkt eine Frau im weißen Kopftuch Heu. So viel Beruhigung geht von ihr aus. In der Waldlichtung sieht Agnes zwei Autos. Buntes Blech im Wald. Eine Frau und ein Mann stehen im Gras, der Mann ganz versteift, in einer Wasgehtmichdasallesnochan-Haltung. Er lässt die Arme schlaff hängen, als gehörten sie nicht zu ihm, als könne er sie nicht benutzen, selbst, wenn er das wolle. Die Frau klammert sich an den Mann, in ihrer Geste ist so viel Verzweiflung, Hoffnungslosigkeit, dass es Agnes schmerzt. Ihr scheint, als erbäten immer und überall Frauen vergeblich etwas von Männern.

Peters Schrei, wenn er über Agnes zusammenbricht. Sein Schrei gehört ihr nicht. Jede andere Frau kann diesen Schrei genauso beanspruchen. Die schönen Beine des Mädchens. Agnes empfindet Zärtlichkeit für das Mädchen. Das Mädchen schläft mit meinem Mann. In Worten ausgedrückt ist das durchaus fassbar. Man kann es aufschreiben.

Alexander. Agnes und Alex. Keinesfalls eine Insel, auf die sich Agnes retten kann. Sie darf sich nicht anklammern an das Kind, das weiß sie. In dem Gedicht eines orientalischen Poeten war es aufgeschrieben. Sie las es oft:

Deine Kinder sind nicht deine Kinder. Sie sind die Söhne und Töchter der Sehnsucht des Lebens nach sich selbst.

Sie kommen durch dich, aber nicht von dir, und obwohl sie bei dir sind, gehören sie dir nicht.

Du kannst ihnen deine Liebe geben, aber nicht deine Gedanken, denn sie haben ihre eigenen Gedanken.

Du kannst ihrem Körper ein Heim geben, aber nicht ihrer Seele, denn ihre Seele wohnt im Haus von morgen, das du nicht besuchen kannst, nicht einmal in deinen Träumen.

Du kannst versuchen, ihnen gleich zu sein, aber suche nicht, sie dir gleich zu machen. Denn das Leben geht nicht rückwärts und verweilt nicht beim Gestern.

Du bist der Bogen, von dem deine Kinder als lebende Pfeile ausgeschickt werden. Lass deine Bogenrundung in der Hand des Schützen Freude bedeuten.

Ihre Sehnsucht, mit Alex in dieser Weise zu leben. We shall overcome.

Sie trägt den Korb mit Wäsche. Der Dachboden ist schön, so eine warme Trockenheit. Sie kennt Zeitschriften, die Dachböden als Zimmer ausgebaut zeigen. So ein Zimmer möchte sie haben. Der Trockenboden gehört ihr ein wenig. Sie ist gern hier. Die Lampe in dem Drahtkörbchen wirft seltsame Schatten. Agnes ist so ein Schatten. Die kleinen Wäscheteile von Alex machen Schatten. Sie kann mit den Händen einen Hund formen. Einen Schattenhund.

Die Stille hier oben. Agnes hebt das kleine Fenster. Tannen wiegen sich sacht, Autos auf der Pippinger Straße krabbeln wie Käfer. Sie hat keinen Teil daran. Alles liefe genauso auch ohne sie. Eine andere Frau könnte genauso die Wäsche aufhängen. Besser. Nicht wie Kraut und Rüben. Bei dir hängt die Wäsche wie Kraut und Rüben, sagt Lore. Wenn Lore Wäsche aufhängt, hängen Hemden bei Hemden und Socken bei Socken.

Sie hängt wieder alles wie Kraut und Rüben. Einen Leinenkittel für Alex, Iris hat ihn aus Tunesien mitgebracht, hellblaue Kreuzstiche und dunkelblaue Kreuzstiche lösen sich aus dem Muster, kommen auf Agnes zu. Die Schatten kommen von den Wänden, springen sie an, würgen sie, stoßen sie an den Abgrund. Nein, nicht, nur raus hier.

Fast rennt sie Lore um, die ihr kopfschüttelnd nachschaut. Sie poltert die Treppe runter, ins Bad. Valium, verdammt, es war ja schon gestern keins mehr da. Der Arzt, sie will sich nicht wieder ins Wartezimmer setzen, das ist ohnehin zu spät, sie braucht das Valium jetzt. Fahrt in die Apotheke. Das Herz wollt ihr im Leib zerspringen. Werner Merck muss ihr helfen. Wenn sie auch neuerdings in anderen Apotheken ihre Tabletten holte, war doch zwischen ihnen eine wortlose Vertrautheit. Je fremder

Peter ihr wurde, je stärker fühlte sich Agnes zu Werner Merck hingezogen. Sie gestand es sich nicht ein, verdrängte ihr Schuldbewusstsein, vermied es, ihn zu sehen. Doch heute geht es nicht anders. Er muss ihr helfen. Hoffentlich ist er da. Seine Augen sind trüb unter dem Wust grauer Haare, wie immer. Oder sind sie innen heller als sonst? Jedenfalls will er ihr kein Valium mehr geben. Das geht nicht ohne Rezept, sagt er kühl. Sie könnte ihn schütteln. Was stellt er sich so an, sie haben doch schon lange einen Pakt! Sie will Valium, jetzt, sofort!

Es ist, als schauten alle aufmerksam. Der alte Mann mit der Einkaufskarre, die kraushaarige Frau, die sie vom Kindergarten kennt. Die Mädchen in ihren weißen Kitteln und den Holzsandalen werfen sich wieder Blicke zu.

Kommen Sie. Agnes geht auf dem blanken Linoleum hinter Werner Merck her. Wie über Krankenhausflure geht sie hinter ihm her zu einer Tür, auf der »Büro« steht. Alle Krankenhausflure glänzen in Linoleum, denkt sie. Es quietscht unter den Schuhen, und am Ende wartet Schmerz.

Dr. Mercks Schuhsohlen gehen fast lautlos auf dem Linoleum. Seine Stimme ist jetzt warm, leise, nur für sie hörbar. Ihre Erinnerung an die Pfarrbücherei wird plötzlich ganz lebendig in Agnes. Damals war sie sechzehn. Sie musste nach dem Gottesdienst auf halbem Weg nochmals umkehren, weil sie vergessen hatte, Großmutters Bücher umzutauschen. Die Bibliothek war leer, aber die Tür noch offen. Es war dämmrig. Durch die Glasfenster über der Tür ein Bündel Sonntagvormittagslicht. Ist Sonntagslicht heller als Montagslicht? Eigentlich müsste es heller sein, denkt Agnes, heller und heiliger. Ratlos steht sie da, Frau Bär, die Bibliothekarin ist wohl schon gegangen. Welche Ausrede kann Großmutter besänftigen? Da kommt der

Pfarrer, blinzelt kurzsichtig in das Bündel Sonnenlicht. Seine weichen Lippen bewegen sich kaum, wenn er die Hostien austeilt. Der Leib Christi, der Leib Christi. Amen. Lippen zum Amensagen. Amen ist das schönste Wort für einen weichen Mund. Der Priester steht nah vor Agnes. Weihrauch und Myrrhe. Seine Haushälterin sieht wie eine hölzerne Madonna aus. Stimmt das, was die Leute tuscheln? Agnes schaut auf den rotgeäderten Linoleumfußboden. Sie weiß nicht, warum sie – plötzlich tief erschöpft – weint, warum der Pfarrer ihr tränennasses Gesicht küsst. Die Tränen hören nicht auf, die Küsse nicht. Sie schaut den Priester an. Sie kann in seinen Augen nichts erfahren. Er kennt ihre Sprachlosigkeit, lässt sich hineinfallen. Macht weit die Pforten in der Welt. Ein König ist's, der Einzug hält, umglänzt von Gnad und Wahrheit.

Werner Mercks graue Haare sind zwar seitlich gescheitelt, gehorchen aber eigenen Gesetzen, sind verwuschelt wie seine Augenbrauen, die er nervös zusammenzieht. Der Zigarillo ist gleich zu Ende geraucht. Agnes sieht, dass seine Nase schön geformt ist, der Mund wie mit einem Stift hineingezeichnet in das breitflächige Gesicht. Man sieht ihm an, dass er intelligent ist. Gebildet. Warum tut Agnes die intellektuelle Ausprägung seines Gesichts weh? Kann sie ihn je erreichen?

Räumlich ist er ihr nah. Seit wann halten sie sich bei den Händen. Seit wann diese Spannung, diese Atemlosigkeit. Versuchte Nähe. Sie muss das gelesen haben. Ihr ständiger Wunsch nach Nähe. Sie möchte jemandem nahe sein. Ihm, diesem schweren, ruhigen Mann möchte sie nahe sein. Er fragt sie jetzt: Warum das Valium, warum die Angst? Wir haben doch alle Angst, ja doch, nicht nur Sie, wir alle haben Angst. Damit müssen wir leben.

Bald ist nur noch die trockene Wärme seiner Hände. Die hellgrauen Augen sind undurchsichtig. Ich möchte in deinen Augen ertrinken. Irgendjemand hat solchen Blödsinn gesagt. Über alles sagen die Menschen Sätze. Es gibt nichts, was nicht in Worte, in Sätze gefasst wäre. Deshalb kann es nichts geben, was einem allein gehört. Nichts kann man zum ersten Mal empfinden.

Doch. Dies hier spürt sie zum ersten Mal. Sie sitzt einem Mann gegenüber und hält seine Hände. Er hält ihre Hände. Sie halten einander bei den Händen. Darin eingeschlossen ist ihre Angst. Sie ist frei von diesem schwarzen Vogel Angst.

Taumel. Sie will sich zurückhalten. Wie man ein Pferd zügelt, will sie den Taumel zügeln, die Seligkeit, die es doch nicht geben kann. Der hat jede Menge Weiber, sagt Mutter. Der kann sich's leisten, bestätigt Lore, der ist ein reicher Junggeselle. Lore. Mutter. Peter und das Mädchen. Agnes und diese Hände hier. Nein. So nicht. So einfach ist das nicht. Sie rennt zu ihrem Auto, den Kopf voller Absagen an diese Hände.

Daheim Mutters misstrauischer Blick. Hast du eingekauft? Sie sieht doch, dass Agnes nichts dabei hat. Alexander ist vom Mittagsschlaf erwacht. Hat sich mit Agnes' Schminksachen bemalt. Seine Hände mit den verklebten rotlackierten Fingernägeln machen Mutter wütend. Alex brüllt zornig mit Mutter, verteidigt seine Sauerei. So eine Nachlässigkeit von dir, sagt Mutter.

Mutters Feindseligkeit. Lores Geringschätzung. Agnes hält das nur schwer aus. Sie sucht Freundlichkeit, Einverständnis. Überall. Immer. Die Blumenverkäuferin auf dem Viktualienmarkt. Agnes kauft eine Art dicker roter Gänseblümchen. Belli, sagt die Alte. Sie lacht Agnes an, unter dem Kopftuch schauen weiße Haare hervor. Es ist wahr, sie lacht Agnes an. Wie schön ist dies Lachen. So viel Daheimsein. Agnes hat Nester gebaut in der Stadt. Die Verkäuferin bei Karstadt am Nordbad. Bei den Schuhen. Sie kennt Agnes, begrüßt sie: ach, Sie sind's. Ich hab wieder Schuhe für Sie. Agnes' sämtliche Schuhe sind bei ihr gekauft. Die blasse Frau mit den rötlichen Haaren weiß nicht, wie viel sie Agnes gilt, die erwärmt von ihr fortgeht.

Die Tankstelle an der Gotthardstraße. Agnes tankt nur dort. Der Mann im grünen Overall macht für sie das Tankschloss zu. Seine Frau fragt nach Alex. Sie hat auch einen Jungen.

Wir Mütter. Wir Frauen. Welche Möglichkeiten der Nähe.

7

Agnes möchte wieder heil sein. Wie die anderen Frauen. Wie Mutter und Lore, ja, wie Mutter und Lore möchte Agnes sein, wenn sie nur wieder dazugehören dürfte. Verdammtes Gefühl des Ausgeschlossenseins. Ihr brennender Wunsch, sich loszuwerden, sich gegen eine andere Person auszutauschen. Nicht mehr sie selber sein müssen. Sie will Peter sein. Sie will mit Peters Klaviergesicht hingegeben in der »Distel« sitzen. Sie will hoffen wie Peter. Sie will Alex sein, will seine grenzenlose Freude, seine zornige Trauer, die noch ganz ihm gehört. Sie will Mutter sein, will Mutters Unzufriedenheit, ihren ohnmächtigen Zorn über die enttäuschenden Kinder, über die falsch steuernden Zeitläufe. Sie will Lore sein, will ihren ganzen selbstsicheren Stolz, ihre Ablehnung alles dessen, was nicht konform geht mit ihr. Sie möchte vor allem aber Karli sein, Karli, der ganze Horizonte ertragen kann, Massen von Wolken über sich aushalten, allein sein kann mit riesigen Landflächen.

Vor dem Tod hat sie keine Angst. Im Traum liegt sie manchmal im Sarg. Jemand klappt den Deckel über ihr zu. Scheintot. Die Angst der Menschen, scheintot im Grab zu liegen. An Gräbern stehen. Mit den Toten Zwiesprache halten. Ihr gelingt das nicht. Nicht an Mamas Grab, nicht an Großmutters Grab.

Sie möchte in einem Wald sterben. An einem Morgen um halb zehn. Wenn weit hinten, durch das dunkelbraune

Tannendickicht, die Sonne zu ahnen ist. Einfach verlöschen möchte Agnes, zu Staub werden. Ohne Beerdigungsinstitut. Ohne Mutter und Lore am Grab.

Großmutter lag im Sarg wie ein Mädchen. Sie hatten ihr die Haare gebürstet und auf dem Kissen ausgebreitet. Großmutters schönes Haar, auf das sie immer stolz war. Großmutter hatte so erschrocken ausgesehen im Tod. Hilflos.

Agnes hatte starke Sehnsucht zu sterben. Nicht mehr sein. Nicht mehr vor hohen Mauern stehen. Alle Menschen haben hohe Mauern um sich. Auch Kinder bauen Mauern gegen Verletzungen.

Sie geht durch schöne Straßen. Nymphenburg. Häuser wie Unterstände. Feindselig. Verschlossen. Grausam schön. Hunde bellen drohend, sobald sie an einem Tor vorbeigeht.

Werner Mercks Haus liegt in Nymphenburg und ist ihr nicht feindlich. Hat es Zeiten gegeben ohne ihn? Agnes war so erfüllt von Werner, so angewiesen auf die Fluchtwege zu ihm, in seine Hände, in seine Stimme, dass sie sich keine Rechenschaft mehr gab. War Alexander im Kindergarten oder beim Mittagsschlaf, rettete sich Agnes zu Werner. Komm immer, wenn du mich brauchst.

Werner mischt irgendwas mit Milch. Mandelmilch und Bacardi. Herrlich. Eine schöne Wohnhalle hat er, der Herr Apotheker. Alte Rhönmöbel, geerbt von den Eltern. Die Mercks stammen aus Franken. Ich stamme nirgendwoher, sagt Agnes und findet das plötzlich nicht mehr wichtig. Eher vorteilhaft. Das muss diese Mandelmilch machen, sie lässt Agnes schweben, sich selber zusehen wie einem Luftballon. Sie trinkt das Glas leer, obwohl sie weiß, dass sie keinen Alkohol verträgt. Nicht daran gewöhnt ist. Sie ist mutig jetzt, fühlt sich stark, gleichauf mit Werner, der schon zum zweiten Mal ein Telefonat abwürgt. Jede Menge Weiber, na und?

Werner nimmt sie ohnehin nicht ernst.

Sagt sie zu ihm, dass sie ihn liebe, lenkt er grinsend ab: Dein schöner Blusenausschnitt.

Er ist nur für dich, versichert Agnes rasch, doch er lacht nachsichtig. Also glaubst du nicht an exklusive Gefühle, fragt Agnes. Doch, schon, lenkt er ein, nur nicht an exklusive Blusenausschnitte.

Agnes begreift es nicht. Warum kann sie ihm nie etwas über ihre Gefühle sagen, ohne dass er frotzelt? Ach, immer deine Sonntagsformulierungen ... Agnes will wissen, was das sei. Na ja, so wie es Sonntagsjäger gibt, so gibt es auch Sonntagsformulierungen. Langsam wird Agnes ungeduldig: Du nimmst mich nicht ernst, du speist mich mit deinen Wortspielen ab. Und du bist eine Opernsängerin, sagt Werner. Dann sieht er, dass sie sich verschließt, nimmt sie in die Arme, streichelt und küsst sie: Ich höre für mein Leben gern Opern, das weißt du doch.

Aber du sagst mir nie etwas Liebes. Agnes ist schon wieder beruhigt, lacht, als er sagt, dass er mit seinen falschen Tönen nicht ihren Gesang stören will.

Werner geht leichtfüßig um mit ihr. Dagegen wollte Agnes immer anrennen, protestieren, die Kruste aufbrechen. Heute will sie das nicht. Mit dieser Mandelmilch ist das überflüssig geworden. Diese süße weiße Milch ist tausendmal besser als Valium. Ihr ist es jetzt auf wunderbare Weise gleichgültig, ob Werner sie ernst nimmt. Was will sie von Werner? Nun nichts mehr. Sie will heim. Will mit dieser neuen Stärke nach Hause. O, die Knie sind weich, was macht's. Wenn ihr wüsstet, wo ich herkomme.

Ich habe nämlich einen Freund. Dr. Werner Merck, jawohl. Hoppla, der Gehsteig. Braver Gehsteig, hältst mir die Autos vom Leib. Als Kind ist sie oft mit einem Bein oben und mit dem anderen auf der Straße gelaufen. Halb sieben, halb sieben hatte sie dabei gesungen. Blödsinn. Da ist der Kindergarten. Ein Garten, in dem keine Möhren, sondern Kinder wachsen. Grüß Gott, Frau Küffner, wie bitte, was hat der Alex gemacht? Die Sabine gebissen, ach du liebe Zeit, wohin denn? In den Arm, na ja, geht ja noch, nicht? Entschuldigung. Frau Küffners befremdeter Blick trifft Agnes heute nicht, sie findet alles aufregend, lustig. Sie geht mit Alex halb auf dem Gehsteig, halb auf der Straße, halb sieben, halb sieben. Alex ist vor Glück aus dem Häuschen. Die Mama schimpft nicht wegen der Sabine und macht mit ihm noch Halbsieben. Sie sieht seine dicken braunen Beine Gehsteig rauf-, Gehsteig runtersteigen. Sie möchte Alex und die ganze Welt für immer im Arm behalten.

Daheim stellt sie sich vor den Spiegel. Schneidet Fratzen. Alexander kann sein Glück nicht fassen. Er weiß schier nicht, was er noch alles Entstellendes machen könnte. Agnes hält alles aus, sie hat keine Angst. Keine Angst, keine Angst, Rosmarie. Es schellt. Lore hat Gemüse im Einkaufsnetz.

Mutter sagt, du hättest keine Vorräte mehr.

Gemüse. Was soll ich mit Gemüse? Wenn du Bacardi dabei hättest …

Lore erstarrt. Lore kann Alkohol nicht ausstehen. Ihhh, du hast ja getrunken. Am helllichten Tag bist du betrunken.

Agnes gibt ihr einen Kuss auf die Nase: Das Vergnügen wirst du jetzt noch öfter haben.

Sie kämpft mit dem Schluckauf. Zufrieden geht sie zurück in die Wohnung, hört Lore oben bei Mutter klopfen. Soll sie. Sie betrachtet das grünrote Blumenmuster der Stühle, den Marmortisch. Euch trink ich mir auch noch schön.

Sie hat keinen weißen Rum, aber irgendwo muss noch Whisky sein. Peter trinkt manchmal Whisky. On the rocks. Sie wird ab jetzt auch Whisky trinken. Whisky, weißer Rum mit Mandelmilch, schwebende Leichtigkeit. Sie könnte das Haus, alle feindlichen Festungen im Sturm nehmen. Sie möchte mit Mutter streiten. Streiten? Schlagen möchte sie sich. Wie Muhammed Ali. Ich bin die Größte. Werner sagt auch, ich solle sie in die Schranken weisen, die beiden Riesinnen da oben. Werner. Werner ist Rum mit Mandelmilch. Werner ist Stärke. Werner der Große, Allwissende, Omnipotente.

Und Werner plus Mandelmilch macht sie immun gegen die Angst. Wo ist denn die Angst? Komm doch raus, du Scheusal, komm doch, Angst, bleck deine Zähne, ich fürchte dich nicht. Agnes geht durch alle Räume, schaut in alle Spiegel, hält jeden aus, nirgendwo hockt die Angst. Ich hab meine Angst in Werner dem Großen ertränkt, ersäuft hab ich sie. Werner der Große, Alexander der Große. Meine beiden Männer. Ich bin komplett, denkt Agnes.

8

Der nächste Morgen ist schlimmer als jeder Valium-Morgen. Schon in der Nacht hatte sie erbrochen. Immer wieder, bis nur Galle kam. Würgen, bis es wehtut. Sie entschuldigt sich bei ihrer Leber. Liebe Leber. Wenn du jetzt mal doppelte Schicht machst, will ich dich künftig mehr schonen. Die Eingeweide haben sich gegen Agnes verbündet, paktieren mit der Leber. Kein Wunder, jahrelang beschauliches Beamtendasein und nun Akkordarbeit. Streik. Terror.

Peter ist aufgebracht. Seit wann betrinkst du dich. Das fehlt ja noch. Wird ja immer schlimmer mit dir. Peters Gleichgültigkeit über ihre Verweigerung. Na dann eben nicht. Scheißleben. Verdammtes Scheißleben. Mauern, hohe, uneinsehbare Mauern um Peter. Mauern um Mutter, um Lore, das ganze Haus ein Bunker, ein feindlicher Unterstand.

Alexander. Einziger Mensch. Ahnungslos häuft Alex Berge von Schuld auf Agnes.

Die Angst, tückisch versteckt hinter der Wirkung des Alkohols, kriecht wieder drohend aus den Winkeln, lauert in der Stille. Die Angst ist mit dem Alkohol verbündet, hat sich von ihm maskieren lassen, die Angst hat mit dem Rum einen Pakt gegen Agnes geschmiedet. Deshalb muss sie zu Werner. Sofort. Alexander schläft, gottseidank. Peter ist in der »Distel« und bleibt sicher dort über Nacht. Agnes fährt den kurzen Weg nach Nymphenburg. Fluchtauto, Fluchtweg.

Werner. Nur Werner kann ihre Angst in Schach halten. In Werner kann sie sich hineinfallen lassen, bei ihm ist sie sicher. Dein Haus ist meine Burg. Werner weiß alles. Von jetzt an muss Werner ihre Fragen beantworten. Alle. Sie hat Werner gefunden wie Hänsel und Gretel das Hexenhaus. Genau wie die Kinder im Märchen ist sie hungrig, verstoßen von ihrer Familie.

Agnes und Werner. Eine Stunde bei Werner machte sie stark gegen die Angst. Sie braucht nicht zu reden, was auch. Werners Liebkosungen. Planierraupen. Ebnen alles ein, reißen Bestehendes ab, schaffen Neuland. In der grellen Sonne liegt es, wartet auf die Hand eines Schöpfers, auf seine Ideen. Gutwillig, bereit, Samen aufgehen zu lassen. Werners prasselnder Wortregen. Agnes kennt nicht die Substanz der schnell fallenden Tropfen, ist aber durstig, lässt sich tränken. Sie will alledem einen Namen geben, und hartnäckig, gegen Werners Protest, nennt sie das Unternehmen Liebe.

Sei nicht dogmatisch, Katholikin.

Werner hat Zäpfchen gegen Bronchialkatarrh im Bad. Auch welche gegen Hämorrhoiden. Sie findet alles schön an Werner.

Als sie jubelnd heimfährt, wie auf Wolken in eine Zukunft mit Werner hineinfährt, spürt sie nässendes Brennen auf ihrem Gesicht. Sie tastet über Kinn und Backenknochen. Sanft schmerzende Nässe, Zeuge der Gefechtshandlungen. Werner war nicht rasiert.

Im Schlafzimmer brennt Licht. Peter ist heimgekommen aus der »Distel«. Als er von ihr die Wahrheit erfährt, bleibt er stumm. Seine Stirn scheint Agnes heute noch höher, Peters Backenknochen werfen Schatten, machen das Gesicht schmal, aus dem Mund einen Strich. Die Fremdheit. Ehebrecher, denkt Agnes gleichgültig und verwundert, dass ihr dieser Begriff einfällt. Ich habe die Ehe gebrochen. Erst Peter, dann ich. Er nahm das Brot, brach es und gab es seinen Jüngern. Wir nahmen unsere Ehe, brachen sie und gaben sie –

Als Peter sie schlägt, als er plötzlich wortlos auf sie eindrischt, schließlich unter trockenem Schluchzen sie schüttelt, bleibt ihr nur mechanische Abwehr. Sie rollt sich zusammen, versucht, den Kopf mit den Armen zu schützen. Sie spürt die Schläge, spürt die Gewalt. Peter schlägt, hackt sie ab wie Äste von einem Baumstamm, vom Stammbaum der Familie Ruge hackt Peter sie ab.

Der Boden, auf den Agnes sinkt, ist Werner Merck. Kann nur noch Werner sein. Sie wird dort liegen bleiben. Sie wird bleiben und mit Werner leben. Werner der Große, Alexander der Große. Mit Alex wird sie bei Werner leben. In Ewigkeit. Amen.

Er ist behutsam. Werner ist behutsam. Sie ist mit Wucht in Werners Leben eingetreten, das ist wahr. Nun muss sie sich aber auch die Mühe machen, Werner kennen zu lernen. Das, so fürchtet Werner, hat sie bislang versäumt. Dabei hat sie sich Werner mehr genähert, als je ein Mensch das in seinem Leben getan hat.

Sag das noch einmal, Werner.

Doch, du hast dich mir mehr genähert als viele Leute, die ich schon Jahre kenne.

Warum Werner nicht mit ihr leben kann?

Weil er keine Enttäuschung sein will für sie. Weil er ihr eben nicht alle Fragen beantworten kann. Weil Werner nicht der Große ist, nicht sein will. Das Einzige, was Werner sich zuschreibt, ist eine gewisse Denkfähigkeit. Und die bedeutet für den, der über sie verfügt, einen fürchterlichen Hemmschuh, sagt Werner. Und mit diesem Hemmschuh angetan, stolpert Werner über ihren Wunsch, mit ihm zu leben.

Bitte, sagt Werner, bitte, Kind, mach keine Programme. Bitte, hab Wünsche, hab Träume und Phantasien, hab auch Ängste, dafür mag ich dich ja, aber bitte, hab keine Vorstellungen von einer Zukunft, denen ich nicht gewachsen bin.

Ich bin zu alt für dich, sagt Werner. Du weißt nicht, welch radikale Erfahrung das Alter ist.

Sie möchte ihm sagen, dass er schön ist und jung. Sie liebt ja nicht Werners blasse, grobporige Haut. Zumindest nicht das, was außen davon zu sehen ist. Aus Werners Gesicht kann sie ein Stück Wangenhaut zwischen die Fingerspitzen nehmen und küssen. Ein Stück Werner, gleichsam abgetrennt, gehört für Sekunden ihr. Es ist auch nicht Werners dichtes graues Haar, das sie liebt, auch nicht die schweren Hände. Die Wärme liebt sie, die Wärme, die diese Hände auf ihren Hüften erzeugen. Es ist auch nicht der Mund mit dem ständigen Zigarillo, den sie liebt. Diese Schießscharte, aus der er Schüsse abfeuert auf sie, Platzpatronen, die erschrecken. Nein, sie liebt nicht diesen Mund, die starke Nase, die Haare in den Ohren. Hätte Werner keine Haut, keine Hände, keinen Mund, nicht Nase noch Ohren, sie würde ihn ebenso lieben, weil sie etwas an Werner liebt, das man nicht sehen kann, etwas, das ganz innen ist, ganz von innen kommt, nur für Agnes sichtbar. Es leuchtet aus Werner und erhellt Agnes. Werner ist ihr einziges Licht. Das ewige Licht.

Das möchte sie Werner sagen. Lass mich nicht allein, möchte sie sagen. Ich hab nur dich. Nur mit dir trau ich mich zu leben. Hinter dir kann ich mich verstecken vor meiner Angst, hier bin ich sicher.

Werner wischt ihr alle Worte vom Gesicht. Seine große

Hand. Was weißt denn du, sagt Werner. Du Kind. Du bist wie ein Kind, wie dein Alex, du bist rechenschaftslos wie er, sehnsüchtig wie er, du bist wie ein Kind …

Nicht, dass Werner ihr nicht helfen möchte. Nicht, dass er ihre Ängste nicht auffangen möchte. Werner möchte ihr ein guter Freund sein. Er möchte ihre Träume schon erfüllen. Aber weil Werner zweiundfünfzig ist, kennt er die Grenzen, die ihr und ihm gesetzt sind. Das musst du einfach wissen, sagt Werner. Ich muss für uns beide denken, sagt Werner. Ich muss dir etwas ausreden, was für uns beide kein gutes Ende nehmen würde.

Werner will nicht mit einer Frau leben. Nimm es nicht als eitle Ruhmredigkeit, sagt Werner. Aber ich bin mit einigen Mädchen und Frauen befreundet. Ich kümmere mich um sie. Manchen macht es einfach Spaß, ab und zu mit mir zu schlafen. Mir macht das auch Spaß. Ich sag das nicht, um dich zu verletzen, ich will es dir nur erklären. Keine, aber wirklich keine Frau, sagt Werner, greift bestimmend in mein Leben ein. Das wird sich auch nicht ändern, sagt Werner.

Du kannst dich nicht einfach ernennen, sagt Werner.

Warum kann sie nicht froh sein an dem, was Werner ihr freiwillig geben will? Ich könnte dir stundenlang zuhören, sagt Werner. Ich verstehe dich. Vielleicht kann ich dir manchmal etwas halbwegs Vernünftiges sagen. Aber ich könnte das nicht jeden Tag tun, ununterbrochen.

Werner kann nicht ihre Einsamkeit und Sehnsüchte erfüllen.

Glatte, schöne Worte. Wie glatte, schöne Steine im Fluss. Schmerzhaft, wenn die Füße vergeblich Halt suchend darübertasten, sich die Zehen anklammern. Sie kann nicht gehen auf den glatten, glitschigen Steinen, sie fällt, wird abgetrieben vom Strom. Endgültig. Der Fluss, grüngolden in der Sonne schimmernd, scheinbar gefahrlos, hat Untiefen, Strudel. Wehrlos treibt sie, fühlt nicht mal mehr schmerzende Steine, die Strömung wird heftiger. Eine Festung liegt in der Sonne, eine Festung mit hohem Turm. Uneinnehmbare Festung. Springen von dem hohen schlanken Turm. Ob sie sich im Fall fühlen würde, nur eine Sekunde lang sich fühlen vor dem endgültigen Aufprall. Ihre Fühllosigkeit.

9

Langsame Tage. Valium-Nächte. Wenn ich dich ansehe, leide ich wie ein Hund, sagt Iris. Iris ist abgereist, vier Wochen Griechenland, die Kykladen. Ägäisches Meer. Welch schöner Name: Ägäisches Meer. Es liegt nun zwischen Iris und Agnes. Iris, Alex, Peter, Mutter, Lore, Karli, Werner. Würfel in einem Becher. Würfel ohne Augen. Agnes kann sie noch so oft im Becher schütteln und ausschütten. Es ergibt sich keine Summe.

Sie sind alle so leise, scheint ihr. Peter, Mutter, Lore. Sie scheinen aus ihren Unterständen hervorzulugen und sie zu beobachten. Sie flüstern miteinander. Sie holen Alex ab vom Kindergarten. Herrgott, sie wollen dir doch nur helfen, sagt Peter.

Sie bewegt sich wie in Watte. Fühllosigkeit. Kein Boden, keine Wände. Schweben, Taumeln. Die Stille der Wohnung. Müdigkeit, Taubheit. Dann wieder Spannung, unerträgliche Feinnervigkeit, jedes Geräusch von außen schwillt an, als ginge sie in einem Glockenturm immer höher hinauf.

Agnes hält es nicht mehr aus, die ›Süddeutsche‹ zu lesen. Nachrichten über Bombenanschläge, Bilder von Toten und Verletzten, der Völkermord in Kambodscha, Vietnamflüchtlinge, Morde im Iran, Morde in München. – So, wie Lawinen sich in kleinen Schneeklumpen lösen und erst lautlos, bald pfeifend und dann donnernd, sich todbringend zu Tal wälzen, so lösen sich die gedruckten

Worte aus der Zeitung, werden groß und größer, kommen auf Agnes zu, brüllend begraben sie Agnes unter sich. Die vietnamesischen Kinder. Sie haben Alexanders Gesicht. Alexander mit schreckverzerrtem Gesicht, Alexander von Bomben zerrissen, Alexander hungernd und wahnsinnig vor Angst, Alexander, der trostlos weinend seine Eltern sucht.

Erregungszustände bei jedem Anlass. Manchmal ist es ihr, als könne sie sich nicht bewegen. Alle Muskeln scheinen verkrampft, verspannt. Weigern sich. Ihre ungeheure Willensanstrengung, für Alex und Peter das Essen zu kochen. Nur still daliegen will sie. In sich zusammengerollt im Dunklen. Sich halten am Ticken des Regulators. Tick-Tack. Nicht aufstehen müssen. Wenn sie aufspringt, aufgeschreckt durch Mutters oder Lores Schritte im Treppenhaus, ist sie wie gelähmt.

Sie kann es an keinem Ort aushalten. Nicht mal beim Kindergartenfest. Alexander ist der Froschkönig, der von der Prinzessin verwandelt wird in einen Prinzen. Alex sieht hoffähig aus in roten Kniehosen und weißem Jabot. Mutter ist für diesmal mit seinen langen Haaren versöhnt. Mutters Enkel hat die Hauptrolle. Lore hat das Kostüm für Alex genäht. Sie macht sich an ihm zu schaffen. Die Schuhschnalle, der kleine Degen. Lores liebevolle Verweise, ihr Mutter-Sohn-Spiel.

Agnes sieht die bunten Zwerge in ihren spitzen Hüten aus Pappe. Die Elfen, das Prinzesschen in weißem Tüll. Mädchen-Mütter in bunten Kleidern, Großmütter erst in den Vierzigern. Mutter – eine glaubwürdige Prinzengroßmutter.

Friedlich, grüngolden liegt der Garten im Sonnenlicht. Grünes Gold an den Ästen. Agnes sieht alles wie in einem Traum, von dem sie weiß, dass sie ihn nicht träumt. Neben ihr Frau Gerlach. In einer Welle von Sympathie und Mitleid und leisem Grauen sitzt Frau Gerlach, von der alle wissen, dass sie Krebs hat. In der Uniklinik wird sie regelmäßig bestrahlt. Sie erzählt davon. Ruhig und blass sitzt sie da und erzählt, wie sie unter der Bombe liegt, wie die Schwester ihr das Essen durch eine Klappe reinreicht.

Auch mit ihr würde Agnes tauschen. Bestrahlbaren Krebs gegen unnennbare Angst. Angst. Uferlose Angst, trostlose Angst, unüberwindbare Angst, dumpfe Angst, stumme Angst, unbegrenzte Angst, namenlose Angst, unendliche Angst, ungeheure Angst, unsagbare Angst, brüllende Angst. Fände sie noch mehr Namen, gäben sie ihrer Angst trotzdem kein Gesicht, blieben sie tönern, selbst hundert könnten kein Bild zeichnen.

Frau Gerlachs Krebs ist für alle sichtbar. Wenn auch mit Schauder registriert, kann sie doch jeder einordnen: eine Krankheit, die heute dich und morgen mich befallen kann, sagt Mutter, was Gott verhüten möge.

Agnes spricht und lacht wie immer. Die immer größere Mühe, sich nicht zu unterscheiden, einzutauchen, zu sein wie die anderen. Niemand darf es wissen. Das ist sie Mutter und Peter schuldig. Für Peters Familie ist sie schon längst nicht mehr ganz normal. Nicht ganz dicht. Sie hat Lore zu Peter sagen hören, die hat einen Sprung in der Schüssel. Lore hat Recht. Eine Schüssel, die einen Sprung hat. Querdurch einen Sprung. Eine Schüssel, die täglich, stündlich zerbrechen kann. In so eine Schüssel darf man nichts einfüllen.

Nichts Flüssiges, nichts Heißes, Brodelndes, kochendes, heißes Leben kann die gesprungene Schüssel Agnes nicht aushalten. Wann wird sie zerbersten?

Sie kann den grüngoldenen Frieden, die bunten Frauen,

die Fragen, das Lachen – sie kann es nicht mehr aushalten.

Es gibt Kaffee und Kekse, von den Kindern gebacken. Agnes kann nicht schlucken. Der Kloß im Hals lässt sich nicht schlucken. Ihre Unruhe wird größer, sie muss weg hier, kann nicht mehr still sitzen. Sie entschuldigt sich bei Mutter mit Kopfschmerzen.

Es dauert Tage, bis sie draufkommt, dass sie immer diese verrückte motorische Unruhe hat, wenn sie Kaffee trinkt. Kaffee und das freundliche Tradon, das morgens Agnes' Stimmung heben muss, vertragen sich nicht miteinander. Machen aus ihr eine rastlose Maschine.

Ihre Gleichgültigkeit sich selbst, ihrem Äußeren gegenüber. Es ist ihr egal, ob die Haare strähnig herunterhängen, es ist ihr egal, ob sie ein Kleid drei Tage lang trägt. Die Mühe, täglich zu duschen.

Peters Schweigen. Er ist blass. Sie registriert es ohne Empfinden. Die tiefen Linien zwischen Nase und Kinn, die Einbuchtungen unter den Jochbeinen hatte sie gemocht. Peter weicht ihr aus, sie gehen wie Roboter miteinander um, umeinander herum. Funktionieren. Das Schweigen bei Tisch. War Alex stiller als sonst? Ihr Schuldbewusstsein, wenn er zu Mutter und Lore raufgeht.

Werner. War sie bei ihm heil gewesen?

10

Sie geht in den Garten. Reibt Tannennadeln zwischen ihren Fingerspitzen. Bindet die Rosen hoch. Das Unkraut im Rasen vermehrt sich wie der Teufel. Der Rasen muss umgegraben werden, sagt Mutter. Agnes zupft das Unkraut, diese tiefen Wurzeln, warum ist Unkraut nicht schön, warum soll sie diese grünen Blätter samt ihren Wurzeln ausreißen? Plötzlich ist das Schreien in der Luft. Agnes horcht auf, es kommt von den Feldern, ein hohes Klagen, jammervolles Weinen. Gerade noch kann sie eine junge Frau auf dem Fahrrad um die Ecke biegen sehen. Sie fährt schnell. Hinter ihr radelt ein blonder Junge, sieben Jahre mag er sein. Wie besessen tritt er die Pedale seines Kinderrades, schreit verzweifelt hinter der Frau her: Mama, wart doch, bitte, wart doch, Mama, ich will's doch nicht mehr tun, Mama, bitte, bleib da, ich tu doch, was du sagst, bleib doch bei mir, Mama.

Die verzweiflungsvollen Schreie des Jungen lassen auch die Nachbarn in ihre Gärten laufen. Kopfschüttelnd stehen sie da, horchen auf die sich immer mehr entfernenden, verzweifelten Rufe des Kindes.

Agnes zittert, sie ist so erregt, dass sie zu ersticken glaubt. Sie hört Alex genauso verzweifelt rufen. Mütter, was machen wir Mütter mit unseren Kindern.

Ihre Angst, Alexander womöglich etwas anzutun, kommt mit Wucht zurück. Ihre Schuldgefühle türmen sich zu einem Berg, der zu wandern beginnt, drohend auf sie zustampft. Dröhnend schwankt die Erde unter ihr, und sie kann nicht fliehen.

Ihre Angst packt sie mit ungeheuerlicher Wucht, steigert sich in der Stille des Hauses zum Äußersten. Sie fühlt sich nicht mehr, der Berg hat sie begraben, hat sie dem Boden gleichgemacht.

Sie muss sich aber finden, muss sich lösen aus der Versteinerung!!! Sie fasst alles an, was ihr unter die Hände kommt, den Stuhl, Bücher, Alexanders Teddy. Sie greift sich in die Haare, reißt fest, umklammert beide Oberarme, will sich halten, sich spüren, kann sich nicht greifen, sich nicht begreifen, kann sich nicht fühlen.

Valium. Glas klirrt, aus ihren zitternden Händen auf den Kacheln zerbrochen. Der heiße Schmerz, den die scharfe Spitze der Scherbe am Handgelenk macht. Als das Blut schießt, geht die Rechnung endlich auf.

Sie wählt 110, die Nummer des Notarztes. Mit nassen Tüchern versucht sie das quellende Blut zu halten. Der Arm schmerzt nur leise. Leiser, feiner Schmerz. Das Blut quillt unaufhörlich. Ihre Befürchtung zu verbluten, ehe der Notarzt kommt. Schöne Panik. Hilfreiche Panik.

Sie lächelt den Notarzt an, der die Wunde versorgt. Er hätte nicht mal den Kopf schütteln müssen. Verachtung wird durch gute Manieren nicht gemindert.

Mutters Empörung. Das hat es in unserer Familie noch nicht gegeben, Herr Doktor. Der arme Junge. Wen meint Mutter? Peter oder Alex?

Ihre kurze Schmerz-Euphorie ist totaler Erschöpfung, dumpfer Gleichgültigkeit gewichen. Der Arzt hat ihr eine Spritze gegeben, unterhält sich leise murmelnd mit Mutter. Mutter hat Peter angerufen. Es ist Agnes gleichgültig. Lore kommt vom Einkaufen. Steht in der Tür und fragt nichts. Von weitem hört Agnes, dass Lore Alex abholen wird. Alex.

Auch der Gedanke an den Jungen rührt Agnes nicht an. Sie will nur weg von da, schlafen, nicht mehr sein, irgendwas soll jetzt passieren mit ihr. Egal was.

Mutter, Lore, der Notarzt und Peter stehen beieinander. Reden leise, dumpf, wie Verschwörer. Als Peter schließlich etwas von Einweisung in eine Klinik zu ihr sagt, stimmt sie gleichgültig zu.

11

Die altmodischen Gemäuer der Universitätsklinik stehen drohend vor Agnes. Jetzt komme ich in die Klapsmühle. Abwehr regt sich, bricht für eine Sekunde durch ihre dumpfe Fühllosigkeit. Nein, dahin will ich nicht, da komme ich nie wieder raus, ich will nicht zu den Verrückten! Alles, was sie je über Irrenanstalten gehört hat, fällt ihr beim Anblick dieses braungrauen Gemäuers, dieser ausgetretenen Steintreppen ein. Sie klammert sich an Peters Arm. Peters Trenchcoat. Sie haben ihn gemeinsam beim Fallmereyer-Flohmarkt gekauft. Peter. Sie riecht ihn plötzlich wieder, sieht ihn wieder, erkennt sein Gesicht. Sie muss doch nicht in die Klapsmühle, sie kann Peter doch wieder sehen, sie kann doch wieder empfinden, Grauen empfinden vor dem Geruch, vor dem Linoleum, vor dem Mann hinter dem ovalen Guckloch. Peter, lass uns gehen, Peter lass mich hier nicht allein.

Peters Gesicht kommt ganz nahe, seine große Nase scheint ihr riesenhaft. Peter, nimm mich hier weg, überallhin, nur lass mich nicht hier, Peter.

Er schluckt unglücklich, ratlos. Das wird doch wieder, Spatz.

Ein schlanker großer Mann im weißen Kittel kommt, flankiert von zwei jungen Männern in weißen Kitteln. Der große Schlanke stellt sich als Professor F. vor, die beiden anderen als seine Oberärzte. Das faltige Gesicht des Professors erinnert Agnes an einen Schauspieler.

Ernst Fritz Fürbringer, der hat auch so einen Adlerkopf. Raubvogelkopf. Der Raubvogelkopf überfliegt jetzt irgendwelche Akten, Papiere, die offenbar über Agnes berichten. Sie ausliefern, an die Klapsmühle verraten.

Sie sieht nicht wie unsere Kranken aus, sagt der Professor zu den jungen Ärzten, und Agnes erscheint es als leiser Tadel. (Später begreift sie, was Professor F. meint: Die kranken Frauen in der geschlossenen Abteilung waren fast alle aufgedunsen von Medikamenten, die sie ruhig stellten, hatten fast alle verstörte Gesichter.)

Nun sagen Sie uns mal, was Sie bedrückt. Der Professor lehnt sich zurück. Plötzlich sieht er wie ein neugieriger Rabe aus. Freundlich, neugierig, wie die Frau Heinrich vom Kiosk, bei der Agnes morgens Brötchen holt. Einer der jungen Ärzte sah Agnes an. Sah sie richtig an mit klugen, dunklen Augen.

Peter scharrte mit den Füßen. Er wünschte sich weit fort. Sie sah ihn, sah die anderen Männer. Alle Gesichter zerflossen für sie zu einem braunrosagrauen Brei. Nur die dunklen Augen blieben haften. In ihnen verdichtete sich ihre monatelange Einsamkeit, ihre Unruhe und Trostlosigkeit, die qualvolle Stummheit, ihre ebenso ungeheure wie vergebliche Willensanstrengung, ihre Wehrlosigkeit und Verzweiflung verdichtete sich in Agnes zu einem Kloß, der im Hals saß, der sie würgte, der sie ersticken wollte.

Und so sagte sie schließlich den dunklen klugen Augen, dass sie oft fürchte, sie müsse ihren Sohn umbringen.

Besiegt und ohne jedes Gefühl sieht sie Peters erstarrtes Gesicht, hört sie, wie der Professor sie in der geschlossenen Abteilung anmeldet.

Auf dem Weg zu ihrem Zimmer gerät sie erneut in Panik. In einem Innenhof sieht sie Frauen, grau, hässlich, zerstört. Manche schreien. Laute wie von Tieren. Durch geöffnete Türen sieht Agnes Gestalten, die an Betten festgebunden sind. Halb wahnsinnig vor Entsetzen klammert sie sich an den Arm des Arztes, der sie begleitet. Hier will ich nicht bleiben, was soll ich hier, bitte, sagen Sie doch, was ich hier soll.

Der Arzt schließt einen abgedunkelten Raum auf. Sagt, dass die Kranken da draußen die schwersten Fälle sind. Beruhigen Sie sich, sagt er mit seiner leisen Stimme, beruhigen Sie sich, Sie werden nicht lange hier bleiben müssen.

Sie sieht die vergitterten Fenster, an der Wand steht ein Bett, davor ein Wandschirm. Agnes hält den Arzt, der gehen will, fest. Fleht ihn an, sie hier nicht allein zu lassen. Was, wenn eine der Kranken hier hereinkommt? Sie fühlt sich in Todesgefahr. Angst und Ekel machen sie fast wahnsinnig.

Nanana. Das blasse Gesicht über Agnes ist auffallend hübsch. Dunkles Haar fällt über der Stirn weich auseinander, scheinbar sorgfältig gefönt jeden Morgen. Sein Mund ist weich, die dunklen Augen melancholisch, ein schöner Erzengel. Bleib bei mir, Engel.

Als er die Tür hinter sich schließt, kauert sie sich aufs Bett. Trostloses Schluchzen erschüttert sie.

Eine Schwester kommt und will ihren Schmuck, alle persönlichen Dinge. Jetzt ist aber Schluss mit der Heulerei, gell, gleich kommt der Professor. Die Schwester hilft ihr in eine Art Kittel. Jetzt gehört Agnes zu den Grauen da draußen, wann wird ihr Gesicht aufgedunsen sein, von Angst zerstört, wann wird sie blöde Laute ausstoßen, ans Bett angebunden werden müssen? Wie weit wird die Angst sie treiben?

Als der Professor hereinkommt und ihr vorschlägt, die Behandlung mit Heilschlaf einzuleiten, ist sie einverstanden. Schlafen. Mehrere Tage schlafen. Nichts hören, nichts sehen, nichts fühlen, das will sie. Nur das. Ungeduldig wartet sie auf die Spritze, die sie einschläfert.

Heilschlaf. Ein Schlaf, der heilt. Welches Versprechen. Lug und Trug. Immer wieder holten Schwestern sie an die Grenze des Erwachens, klopften sie aus dem Dunkel ans Dämmerlicht, fütterten sie, wuschen sie mit harten Händen und geübten Griffen. Agnes konnte nicht richtig wach werden und wollte auch nichts weniger. Aber richtig schlafen, richtig abwesend sein ließ man sie auch nicht.

Sie wusste nicht, wie lange sie zwischen Tag und Nacht hin und her gezerrt wurde. Irgendwann schob man sie aus ihrem dunklen Einzelzimmer in eines mit zwei Betten. Die Station war überfüllt. Oft wurden abends Kranke in den Speisesaal zum Schlafen gebracht.

Ihr Dauerschlaf lag wie Nebel auf ihr. Permanente Schläfrigkeit zeichnete alles Grauen der Station weicher, dämpfte die Stimmen, ließ die Gesichter zu gleichförmigen Flächen werden. Vom Fenster aus sah sie in den Innenhof. Es war derselbe, der sie am ersten Tag gepanikt hatte. Die furchteinflößenden Gestalten verloren nach und nach ihren Schrecken, sie kamen nicht mehr so nahe heran. Mit der Zeit fand Agnes aber immer mehr Gesichter heraus aus dem Grau. Viele junge Gesichter. Von der Krankheit schon mehr oder weniger gezeichnet. Aufgedunsen waren alle, jetzt auch sie selbst. Ihre ohnehin schon blasse, teigige Haut schien ihr wie eine Semmel, die noch gebacken werden muss. Sie fand die Linien ihres Kinns nicht wieder.

Die Schwestern schienen ihr eine harsche Truppe. Nur Schwester Margit, die täglich Tabletten austeilte, wurde für sie ein Halt. Ihr dichter dunkler Lockenkopf mit den weit auseinanderstehenden Augen war ihr vertraut.

Schwester Margit passte nicht zu den anderen Dragonern. Sie erinnerte an Draußen. Sie tröstete Agnes, die nach dem Heilschlaf oft Kreislaufschwäche hatte, manchmal unvermittelt zusammenfiel. Keine Sorge, das wird schon wieder, das ist in der ersten Zeit normal.

Agnes' Zimmernachbarin war nicht geisteskrank wie viele Patientinnen hier. Gerda litt an schweren Depressionen. Sie konnte nicht mehr arbeiten. Eines Morgens hatte sie in ihrem Büro vor der Schreibmaschine gesessen und geweint. Ganz unvermittelt, scheinbar ohne Grund und ohne Ende. Wie gern würde ich mich zur Arbeit zwingen, sagte Gerda. Sie war dreiundvierzig und wurde mit Elektroschocks behandelt. Heute kommen sie wieder, sagte Gerda eines Morgens. Drei Ärzte und zwei Schwestern stellten den Wandschirm vor Gerdas Bett, Agnes sah noch, wie sie betäubt wurde. Die Schwester steckte Gerda einen Knebel in den Mund. Und dann sah Agnes zuckende Füße, hörte dumpfe Laute. Nach der Behandlung war stets Gerdas Gedächtnis weg. Sie fand nicht einmal ihre Seife oder wusste keinen Namen mehr. Alles war fremd für Gerda, nichts mehr war ihr möglich, bis nach Tagen die Wirkung des Schocks nachließ. Dann kam wieder ein neuer.

Irgendwo, ganz hinten in ihrem Bewusstsein, fand Agnes das grauenhaft. Aber dieses Gefühl blieb an der Oberfläche, es schmerzte nicht, machte nicht mitleidig. Dafür sorgten die Näpfchen mit Medikamenten, die Schwester Margit brachte. Sie blieb bei jedem Patienten stehen und wartete, bis alles geschluckt war.

So war Agnes ständig in einem Schwebezustand. Gedanken an Alex, an Peter schwammen vorbei, bedrängten sie nicht, schmerzten nicht, blieben draußen.

Sie durfte aus ihrem Zimmer nicht heraus. Sie lag darin

wie auf einer Insel, hörte auf den Gängen Klappern, Schreien, Schimpfen. Schwestern brüllten mit den Schwerkranken. Die laute harte Stimme der Oberin. Als Agnes einmal auf dem Weg zur Toilette zusammensackte, riss die Oberin sie hoch. Stellen Sie sich nicht an, das zieht hier nicht.

Verschwommen sah Agnes rotgeäderte Backenknochen, ein starklippiger Mund spie Ungeduld, Wut, vielleicht sogar Hass? auf sie hinunter. Sie sollte Stiefel anhaben, dachte Agnes verschwommen. Stiefel mit Eisenbeschlägen.

Schwester Margit hilft Agnes auf, führt sie ins Zimmer, ihr Kindermund ist schmal. Die alte Hyazinth'n, sagt Margit empört. Mir san doch koa Kazett net herinnen.

Seitdem ging Schwester Margit mit ihr auf die Toilette. Gottseidank. Agnes fürchtete noch immer die Schwerkranken, die sie anstarrten, anfassten oder einfach nur unvermittelt laut aufschrien. Sie wurde ruhiger. Die täglichen Tabletten machten, dass die Erregungszustände aufhörten. Mit den Angstanfällen blieb das Herzjagen aus, alles war zugedeckt unter einer Schicht Chemie. Valium, Librium, Norium, Mogadon. Agnes schluckte willig morgens und abends. Deckt nur alles zu, gipst meine Gefühle ein! Ihr war alles recht, solange sie nur keine Angst mehr haben musste, solange die Angst zugedeckt blieb, nicht mehr herankonnte an sie. Manchmal dachte Agnes – flüchtig – an Suchtgefahr, an Gewöhnung, an Schädigung von Leber und Nieren. Wennschon. Sie wollte lieber an allen nur erdenklichen Krankheiten sterben, lieber auf immer in diesem Bett liegen, an die Wände starren, morgens und abends näpfeweise Kapseln fressen – alles das konnte sie nicht schrecken, war ihr willkommen im Tausch gegen nur eine Minute ihrer Angst.

Sie konnte sich nicht mehr genau erinnern, jedenfalls ließ sich das Grauen nicht nachvollziehen. Ein Glück! Agnes hatte die Angst weggeschlafen, wegmedikamentiert. Wir riechen förmlich nach Medizin, dachte sie manchmal, wenn sie im Gang zur Toilette an einer Gruppe Frauen vorbeiging. Ihr war auch das egal. Sie konnte sich nichts Erstrebenswerteres vorstellen als die dumpfe Gleichgültigkeit, in der sie lag. Nichts dachte, nur dämmerte, nichts fühlte, nur duselte.

Peter kam. Niemand außer der engsten Familie wusste von ihrem Klinikaufenthalt. Mutter wollte das so. Meine Schwiegertochter pflegt eine Verwandte in Überlingen, sagte Mutter, wenn sie gefragt wurde. Agnes war froh, dass nur Peter kam. Sie wollte auch Alex nicht dahaben. Das Kind sollte auf keinen Fall dies Gemäuer betreten.

Sie wünschte sich ihre Fontane-Bände, doch sie konnte nicht lesen. Alle Buchstaben verschwammen. Sie konnte sich auch nicht konzentrieren, keinen Sinn erfassen. Selbst Stellen, die sie früher auswendig wusste, blieben leer, reichten nicht bis in ihr Hirn. Peter brachte ihr schließlich ein Kofferradio, das manchmal vor sich hin dudelte.

Eines Tages setzte sich Schwester Margit mit einem Strickzeug an ihr Bett. Dicke Holzstricknadeln, solche hatte Agnes noch nie gesehen. Wolle in Lila-Rosa-Abstufungen, Schwester Margit hatte sie aus Frankreich mitgebracht, aus Usez, einem Marktflecken im Gard. Die Farben taten Agnes gut, sie konnte sich den sonnenbeschienenen Marktplatz von Usez vorstellen, den Schwester Margit beschrieb. Die Verkaufstische mit Trödelkleidung, andere mit Zitronen und Knoblauch, Verkäufer unter schwarzen Baskenmützen, Geruch nach Schafskäse und gegrillten Kaninchen. Und die Wolle, herrliche Farben, alle Blautöne, alles vorstellbare Grün. Schwester Margit hatte lange ausgewählt, geschwankt, war dann doch bei dem Lila-Rosa geblieben, das ihr sofort ins Auge gefallen war. Ein Strickmantel sollte das werden, für Margits sechsjährige Tochter. Aber ich bringe das nie zu Ende, seufzte die Schwester. Als sie durchs Klingelzeichen gerufen wurde, blieb das Strickzeug liegen. Agnes fummelte anfangs konfus und eher absichtslos daran herum. Bis sie merkte, dass ihr das Stricken mit den dicken Nadeln gut von der Hand ging, dass es schön war, die weiche Angorawolle zu einem Vlies zu verstricken. Sie strickte den Marktplatz von Usez, den sie nie gesehen hatte und genau zu kennen glaubte, in die Maschen hinein. Die sonnenwarmen Steine, den Brunnen, an dessen kühlem Wasser sich die Leute wuschen, die Bäume, die aus dem Marktplatz grüne Grotten machten, strickte sie mit hinein. Von da ab strickte Agnes jede von Schwester Margit begonnene Handarbeit zu Ende. Die Ärzte lobten sie. Wie einen Hund, der gut apportiert.

Trotz (oder vielleicht wegen?) der Elektroschocks weinte Gerda immer häufiger, immer endloser. Agnes nahm es hin wie das übrige Krankenhaus-Einerlei. Gerda schien auch keinen Trost zu erwarten. Manchmal weinte Agnes auch mit. Und sie erinnerte sich an eine Kollegin bei Siemens, die zu ihr gesagt hatte, dass sie sich hin und wieder mal hinsetze und eine Strophe weine. Das tut mir gut, und dann pack ich es wieder für eine Weile, hatte die Kollegin gesagt. Daran dachte Agnes, wenn sie mit Gerda weinte.

Gerda durfte auch nicht – wie Agnes neuerdings – in dem großen Speisesaal essen. Der hässliche Saal mit groben Tischen und schmalen Bänken roch wie eine alte Volksschule. Täglich hob sich für Agnes ein neues Gesicht aus den Reihen der Kranken. Hin und wieder schlug eine Frau kreischend mit dem Löffel in die Suppe. Eine andere stieß die Schüssel vom Tisch. Agnes hatte nun keine Furcht mehr vor diesen Frauen, von denen die meisten dumpf vor sich hin starrten. Nur wenige kicherten zuweilen hysterisch oder gingen aufeinander los. Dann waren sofort Schwestern zur Stelle, die Oberin. Ständig hörte Agnes ihren Kommandoton. Ja wird's bald, wie lange soll das denn noch dauern, los jetzt, na macht schon.

Keine der Kranken widersprach oder muckte mal auf. Alle wirkten wie Marionetten, ausgeliefert oder unbeteiligt. Wie Agnes. Es war ihr klar, dass sie die neue Ruhe, diesen dumpfen Frieden in sich, den Wissenschaftlern in den Chemiekonzernen verdankte. Aber auch die Gewissheit, nicht verrückt, nicht geisteskrank zu sein, rollte einen Stein weg von ihrer Grabstätte. Obwohl sie selbst niemals ihren Verdacht preisgegeben hatte, war er durch die Aussagen der Ärzte inzwischen aufgehoben. Dieses neue Wissen, dass sie nicht geisteskrank, nicht schizophren war, hatte sich wie ein Puzzle in Wochen und Monaten langsam zusammengefügt. Aus Bemerkungen der Schwestern, die Agnes aufschnappte, aus dem Verhalten der schwer kranken Frauen, die sie jetzt täglich um sich hatte. Von Professor F. hatte sie nach Beendigung ihres Heilschlafes gehört, dass sie an einer endogenen – von innen kommenden – Depression leide. Das ist Alltag für uns, hatte Professor F. gesagt, und er schien Agnes ein wenig enttäuscht. Das bringen wir bald wieder hin. Sie brauchen absolute Ruhe und die richtigen Medikamente.

Bei einem Toilettengang wurde sie durch plötzlichen Tumult an der Badezimmertür erschreckt, Schwestern rannten, riefen nach dem Arzt. Eine Kranke hatte sich im

Bad stranguliert. Eine Schizophrene, sagte die Schwester, die später Agnes' Bett machte. Die haben nur eins im Kopf, sich umbringen.

Agnes wollte sich nicht umbringen. Sie wusste jetzt auch, dass sie niemals so weit gekommen wäre, Alexander umzubringen. Sie hatte ihre Angst nicht einschätzen können, war ihr hilflos ausgeliefert gewesen. Jetzt gab es nur noch Phasen, in denen sie wieder in dumpfe Trauer verfiel. Diese Phasen wurden kürzer, die Stunden, wo sie sich nach dem Draußen, nach dem Leben sehnte, überwogen bald. Unter ihrem Zimmer lag die Küche. Sie hörte Klappern von Geschirr und Töpfen, hörte Reden und Lachen des Personals. Oft wünschte sie sich heiß, eine der Arbeitenden da unten zu sein, abends rauszukönnen aus der Klinik.

Sie nahm nun auch nicht mehr willig alle Tabletten. Schwester Margits wortloses Einverständnis, dass Agnes morgens und abends nur noch je zwei Kapseln schluckte, half ihr. Es war schön, verbündet zu sein. Guten Morgen, Frau Gevatterin, sagte die Schwester manchmal und: Sie sind der leichteste Fall auf der Station.

Agnes begriff das, wenn sie die anderen Frauen sah. Frauen, die zerstört waren. So, wie körperliche Krankheiten auf die Dauer einen Menschen entstellen, so richten seelische Defekte Verwüstungen an, sagte Schwester Margit. Graben sich in die Gesichter. Wie bei Irene, dem Mädchen mit dem Nackenzopf. Sie hatte ein helles, zartes Gesicht, so verschwommen, ein Mädchentyp, der Agnes immer schön erschienen war, sie hätte das Zopfmädchen immerzu anschauen mögen. Doch wenn sie begann, mit den Kiefern zu mahlen, veränderte sie sich entsetzlich, trostlos, stumpf. Die sechzehnjährige Anne, pummelig, die sanfte Stupsnase und die großen Augen unter dem

Strubbelkopf gaben ihr etwas Mickymäusiges, sie presste ständig die Fäuste an den Mund, stieß tierische Laute aus.

Am meisten bedrückten Agnes die ganz Stillen. Wie Marisa. Sie saß immer auf demselben Stuhl (niemals sah Agnes, dass eine andere Frau sich dorthin setzte). Marisa hatte blonde, krause Haare, ihr flächiges, fast bäuerlich-derbes Gesicht öffnete sich nie. Sofort, wenn sie in den Speisesaal geführt wurde, setzte sie sich auf den Stuhl unmittelbar neben der Tür. Völlig abwesend. Auch ihr Gang schien etwas Schwebendes zu haben. Da saß sie und rührte sich nicht. Starrte in den Teller, den sie ihr hinschoben, wie eine Gliederpuppe aß sie ein paar Löffel voll. Dann saß sie wieder da, bis die Oberin alle rausscheuchte. Agnes überlegte, was in diesen Frauen vorgehen mochte. Nichts, was wir begreifen könnten, sagte Schwester Margit.

Die Schwestern untereinander waren fröhlich, lachten, redeten von ihren Familien, ihren Freunden, von Kleidern und Kochrezepten. Mit ihren Patientinnen lachten sie nie.

Auch die Kranken lachten nicht. Niemals in den langen Wochen, die Agnes in der Geschlossenen verbrachte, hatte sie eine Kranke lachen hören. Losweinen oder Losschreien, ganz plötzlich, scheinbar ohne Grund, hysterisches Kichern, das ja.

Die Ärzte störten Agnes nicht. Hin und wieder fragten sie, wie es denn ginge. Sie erwarteten, dass Agnes sagte, es ginge ihr gut, und das fanden sie dann erfreulich.

Sie können in die halb offene Abteilung, sagte Professor F. eines Morgens.

12

Die Halboffene lag im südlichen Trakt der Anstalten. Die Flure waren hell, viel größer und luftiger als in der Geschlossenen. Die Patientinnen in den Korridoren und Aufenthaltsräumen sahen aus wie Menschen von draußen. Sie hatten nichts von der Dumpfheit der Schwerkranken. Lediglich die Fenster erinnerten Agnes an drüben. Sie waren ebenfalls vergittert.

Sie bekam wieder ein Zweibettzimmer. Auf dem Bett an der Wand saß Eva, eine zweiundzwanzigjährige Musikstudentin. Sie ist ein hoffnungsloser Fall, hatte die Schwester auf dem Flur zu Agnes gesagt, hoffnungslos. Aber völlig harmlos. Nur, dass sie kein Wort redet.

Sie sieht klug aus, dachte Agnes. Wie schön sie ist. Naturkrauses Haar in der Mitte gescheitelt, zwei starke Zöpfe oben auf dem Kopf zusammengesteckt. Grüne Augen. Löwenaugen, dachte Agnes. Dieses Mädchen war krank? Was war mit Eva passiert?

Agnes setzte sich aufs andere Bett. So saßen beide eine Zeit lang. Aus Gewohnheit fragte Agnes hin und wieder etwas. Eva antwortete nicht. Mal ging sie zum Fenster, schaute eine Weile hinaus. Dann setzte sie sich wieder aufs Bett. Dann mal auf den Stuhl. Sie sah Agnes an. Lange. Ohne ein Wort. Also schwieg auch Agnes.

Gegen Abend ging Eva zur Tür, winkte Agnes. Beide gingen in einen großen Saal mit glänzend grünem Linoleumboden und kahlen Stuhlreihen. Oben auf der Bühne stand ein Flügel.

Eva begann zu spielen.

Agnes saß, wusste nicht, wie lange. Sie spürte nicht den harten Stuhl, fühlte sich in einem Schwebezustand. Eva spielte leidenschaftlich, völlig hingegeben, virtuos. Auf ihrem Gesicht war jetzt ein Zug, der Agnes an Peter erinnerte. An Peters Klaviergesicht, das sie immer verdrängt hatte.

Könnte ich mich doch auflösen in diese Musik, dachte Agnes sehnsüchtig. Könnte ich, wie diese Töne, aufsteigen und mich klingend auflösen.

Peter. Warum hatte sie ihm das missgönnt? Ja, das war es doch, sie hatte ihm seine Musik nicht gegönnt, sie hatte sich davor gefürchtet, hatte geglaubt, sie führe Peter weg von ihr, von Alex.

Ein schmerzliches Verlangen nach Fröhlichkeit stieg auf in Agnes. Evas Spiel hob sie hoch, ließ sie mit klopfendem Herzen schweben, mit Alexander über hellsandige Wege gehen, sie sah sich mit großem Strohhut an einer langen Tafel im Grünen, als sanftschöne Mutter einer großen Familie. Alle saßen sie vor dem Haus in der Sonne, Alexander spielte mit dem gutmütigen zottigen Hund, den er sich schon lange wünschte. Sie, Agnes, reicht Lore die Sonnenbrille und schenkt Mutter Kaffee ein. Abends, wenn das Haus ruhig ist, sie selbst müde von der Sorge für alle, sitzt sie mit Peter am Klavier und hört ihm zu. Und die Hoffnung auf seinem Gesicht ist auch ihre Hoffnung.

Wann hat Agnes bemerkt, dass Eva erschöpft und einsam da oben sitzt? Sie geht hin zu ihr, legt den Arm um sie, erwartend, dass Eva sie abrupt zurückweist.

Doch Eva ist wie in Trance. Lehnt sich an Agnes, ist schwer, lässt sich führen, gleichsam willenlos. Die Weichheit und Wärme von Evas Körper scheint sich Agnes mitzuteilen, ihre Erstarrung scheint sich zu lösen, es ist, als erwärme sich Agnes' Körper mehr und mehr. Agnes scheut sich, diesem Wärmegefühl nachzugeben, ihm einen Namen zu geben, sie traut sich nicht, ihre Sehnsucht nach Freude zu Ende zu fühlen, wonach hat sie Sehnsucht, nach Glück?

Was ist das, Glück, glückliche Menschen? Wo hat sie, Agnes, glückliche Menschen gesehen, außer im Kino?

Sie weiß doch, dass Peter nicht glücklich ist. Mutter nicht. Lore nicht. Karli? Aber wirklich? Wieso hat Karli dann nur zwei Worte zum Leben? Was hat Karli so arm gemacht?

Alexander. Ist Alexander glücklich? Glückliche Kinder, glückliche Kindheit. Buchstaben, Papier. Wer behauptet, dass unsere Kinder glücklich sind? Alexanders Gesicht, wenn er schläft. Ist es nicht wie erloschen, sieht er nicht aus, als grübele er? Sein hilfloser Zorn über ihre, Agnes', Peters oder Mutters Verbote. Unsere Ungeduld. Immer muss er sich uns anpassen. Immer muss er hinaufschauen zu uns. Wann bücken wir uns herunter und sehen, wie es bei ihm aussieht, aus seiner Perspektive. Er ist uns ausgeliefert, er ist von uns allen erpressbar, weil er uns lieb hat, weil er uns zu seinem Leben benötigt. Noch. Noch benötigt er uns. Und solange erpresse ich ihn, ruhig zu sein, wenn er toben möchte, ich erpresse ihn, in seinem Zimmer zu spielen, wenn er auf den Spielplatz möchte. Ich erpresse ihn, sich nicht schmutzig zu machen, nicht so schnell zu rennen, nicht in die Pfütze zu springen, nicht an die Wand zu malen. Und er lässt das zu, weil er will, dass ich ihn liebe. Alle lieben wir an Alexander herum und erziehen an ihm herum. Über ihn hinweg.

Wie müsste ein Leben aussehen, in dem Erwachsene

und Kinder glücklich sein können, ohne sich gegenseitig zu erpressen. Agnes zweifelt, dass das Leben überhaupt eine Form kennt für Glück. Glück, glücklich, Glückskind. Fremdes Wort. Glück ist ein Fremdwort.

Im Zimmer sitzt Eva wieder am Fenster. Ihr Freund kommt fast jeden Tag. Er sitzt bei Eva und spricht mit ihr, obwohl er keine Antwort bekommt. Er erzählt ihr von seinem Vordiplom, von Fachschaftsausschüssen, von idiotischen Beschlüssen, Formelkram. Er liest Eva vor aus der Tageszeitung, Musikkritiken vor allem.

Agnes erzählt er, dass Eva schon als Kind hervorragend Klavier gespielt habe. Ihr Musikstudium sei ihr das Wichtigste überhaupt gewesen. Bis sie sich plötzlich nicht mehr hatte konzentrieren können. Nicht auf ihr Studium, nicht auf ein Gespräch. Im Laufe von Wochen war Eva dann verstummt.

Seit Agnes hörte, dass Wolfgang immer mit Eva sprach, sprach auch sie mit ihr. Dass sie niemals eine Antwort bekam, daran gewöhnte sie sich, so wie Wolfgang.

Eva wurde Medizinstudenten vorgeführt. Als die Schwester sie abholte, um sie in den Hörsaal zu bringen, erschrak Agnes.

Sie fragte die Schwester, ob sie selbst auch dorthin müsse.

Nein, nie. Sie sind ein leichter Fall.

Eva ist ein interessanter Fall. Wird vorgezeigt wie auf dem Jahrmarkt. Eva ging stumm zu diesen Vorführungen, kam stumm zurück. Das einzige Zeichen von Leben gab Eva am Klavier.

Morgen fahren wir in die Stadt, sagte eine Schwester zu Agnes. Sie ist sofort aufgeregt. Was soll die Aufregung? Sie will nicht aufgeregt sein. Ein Gang in die Stadt, was soll schon sein?

Nach vier Monaten tuscht sie wieder die Wimpern. Eva schaut zu. Findet Eva Wimperntusche überflüssig? Wenn ich solch dichte Wimpern hätte wie du, sagt Agnes zu Eva, dann würde ich meine auch nicht tuschen. Du hast so schöne dichte Wimpern wie mein Alexander, sagt Agnes zu Eva.

Die Stadt stürzt sich auf Agnes. Fällt ihr dröhnend in die Ohren. Es ist, als stünde sie unter einer weitaufgedrehten Dusche mit Orgelbegleitung. Autos hupen. Die Presslufthämmer an den Baustellen des Hauptbahnhofs wehren sich lärmend gegen die schwere Arbeit. Baustellen werfen alle Ordnung um. Schaffen Wüste, Kraterlandschaft. Hölzerne Durchschlupfe für die Menschen. Sie kommen Agnes ganz nah, viel zu nah. Sie riecht den Popelinmantel des Mannes, der sie streift, die Strickjacke des Türken. Es ist zu wenig Platz für all die Leute, scheint Agnes. Sie kriegt keine Luft, will weg, ihr ist übel. Zurück in die Klinik will sie, in die sauberen Flure, in ihr Zimmer, zu Eva.

Agnes bricht der Schweiß aus. Die Schwester hat sie beobachtet, geht mit ihr in ein Restaurant in der Schützenstraße. »Excelsior«, liest Agnes. Zitternd setzt sie sich auf einen Platz an der Wand. Die dunkle Kühle des Restaurants, die noch leeren Räume beruhigen sie. Hier will sie bleiben, nicht mehr raus in das brüllende Chaos vor der Tür.

Das geht allen so, sagt die Schwester, während sie die Speisekarte studiert. Ist immer so beim ersten Mal.

So sein wie alle. So sein wie die da draußen, die Krach machen, wütend hupen, rennen, kaufen, leben. Plötzlich möchte Agnes sein wie sie. Früher, als sie noch heil war, hatte es sie bedrückt, dies Gefühl, zu dem großen Heer zu gehören, zum Fußvolk, das nicht denkt, nur tut. Irgendwas.

Jetzt, nach monatelangem Anderssein, gleichsam Gestorbenseins, jetzt wünscht sie sich die Wärme der Menge. So sein wie alle. Eine Ameise im großen Haufen. Zugehörig einer höheren, unbekannten Ordnung. Gleichgültig, wie bitter, enttäuschend, mühsam oder sinnlos diese Ordnung sein mochte. Lieber mit allen anderen krepieren, als von ihnen endgültig getrennt zu sein.

Agnes übt in regelmäßigen Stadtgängen, das Draußen zu ertragen, die Schwelle zu verringern. Oft geht sie jetzt mit Marlene spazieren. Marlene, die schon zum vierten Mal in der Halboffenen ist. Durch sie lernt Agnes sehen, was alle Frauen hier gemeinsam haben: leise Stimme, fast nur Flüstern, die seltsame Ruhe, die mehr Schlaffheit ist, das Lächeln, das nie vom Mund in die Augen gelangt. Marlenes hellblaue Augen verschwimmen leicht in Tränen. Wenn ich die Traurigkeit spüre, sagt Marlene, wenn ich spüre, dass sie wiederkommt, dann packe ich meinen Koffer, komme hierher.

Früher hatte Marlene es nie ihrem Mann sagen können. Er ist so lieb zu mir, sagt sie, er tut alles für mich. Er kann nicht begreifen, warum ich manchmal dasitze und heule. Ich verstehe es ja auch nicht, aber es ist doch nun mal so. Marlene sagt das mit einem Trotz, dem man die Schwerarbeit anmerkt, die er gekostet hat. Ja, ich habe mir ein dickes Fell zugelegt, sagt Marlene. Wenn du Zahnweh hast, musst du doch auch zum Zahnarzt, und wenn du es an den Nieren hast, gehst du zum Internisten. Das ist normal, das machen alle. Bloß, wenn es im Kopf oder in der Seele oder wo das nun eben sitzt, also wenn es da nicht klappt, dann ist das auf einmal nicht mehr normal. Dann fangen sie alle das Tuscheln an, dann bist du aussätzig. Sie wissen jetzt genau, wo ich bin, wenn ich wieder mal für vier Wochen verschwinde, sagt Marlene. Aber denk ja nicht, dass mich mal jemand fragt, warum ich das tue und was hier so abläuft. Niemand fragt mich, alle gehen sie darüber weg. Sie schauen mich gar nicht richtig an.

Inzwischen, sagt Marlene, würde ich mich ja trauen, einfach von selber das Gespräch drauf zu bringen. Aber wenn ich anfange, sind sie peinlich berührt, ziehen sich zurück. Auch mein Mann sagt, ich soll doch aufhören davon.

Wie Mutter, denkt Agnes. Und eigentlich auch wie Peter. Peter kommt zwar häufig in die Klinik, ist aber jedes Mal spürbar erleichtert, wenn er wieder weg kann. Seine Bestürzung, als er mit Agnes im Park spazieren ging. Eine Siebzehnjährige mit weiß bandagierten Handgelenken und unglücklichem Gesicht, ein Mädchen, das sie schon oft im Park gesehen haben, rennt plötzlich auf Agnes zu. Packt sie, schüttelt sie, die Arme sind wie Schraubstöcke. Peter will das Mädchen wegziehen, da geht sie los auf ihn, beißt ihn, kratzt, faucht wie eine Katze. Als Schwestern das Mädchen wegbringen, kann Peter sich lange nicht beruhigen. So was gibt's doch nicht, Scheiße, das gibt's doch nicht.

Manche Patientinnen reagieren immer anders, als wir denken, sagt Frau Professor G. Unsere Kranken lassen sich nicht programmieren. Agnes will von ihr wissen, ob sie je wieder so krank werden kann wie zu Beginn der Behandlung. Ob sie je wieder in die geschlossene Abteilung wird gehen müssen. Darüber kann Frau Professor G. nichts voraussagen. Manche Patienten sehen wir nie mehr, sagt sie, manche müssen immer wieder zu uns kommen.

Als sie zum ersten Mal zu Frau Professor G. gerufen wurde, war sie gefasst auf leicht abwesende, überforderte

Freundlichkeit. Rechnete mit über der Brust gekreuzten Armen und fertig vorgepackten Worten, die ihr über den Schreibtisch gereicht würden.

Doch diesmal waren es Worte, die nur für sie gefunden waren. Sie sah eine zierliche Frau am Fenster stehen, das Gesicht lag im Schatten, sie sah nur dunkles, glattes Haar, kurz geschnitten. Die Frau trug keinen Arztkittel, sondern einen Wollrock, rosé Bluse, Wildlederblouson. Aus dem Schatten löste sich ein bräunliches Gesicht, schmal, die Haut hatte viele Falten, hell eingekerbt in das dunkle Braun. Graue Augen sahen Agnes an, Agnes, nicht eine Endogene Depression. Diese liebevolle Musterung tat gut, wer hatte Agnes schon derart eingehend angeschaut?

Ich habe Sie oft gesehen, drüben, in der Geschlossenen, hörte Agnes. Sie sind mir aufgefallen, so schön und schmal unter den anderen Kranken. Ich habe alle Aufzeichnungen meiner Kollegen gelesen.

Hätte Agnes das doch gewusst. Hätte sie doch gewusst, dass ein Blick auf ihr lag, dass jemand sie sah, wahrnahm! So, wie Schauspieler Todesszenen spielen, hätte Agnes vielleicht besser das Entsetzen der Geschlossenen ertragen. Wenn sie es doch nur gewusst hätte.

Hat Ihnen noch niemand gesagt, dass Sie schön sind?

Wenn jemals – Agnes erinnerte sich nicht. Sie hätte es ohnehin nicht geglaubt. Doch diesen grauen Augen vertraute sie, dieser Stimme glaubte sie.

Agnes spürt, wie ein Summen in ihrem Körper aufsteigt, ein sanftes Erzittern von den Zehen bis in die Kopfhaut, die Haarspitzen. So, als durchdränge Wärme den Panzer aus Chemikalien, der Agnes' Gefühle in der Waage hält. Es ist, als drängte die Wärme und löste die erstarrte Schicht, ließe sie wegbröckeln wie eine morsche Mauer.

Nicht weinen jetzt. Verdammt, sie will nicht heulen. Diese Stimme, diese Augen sind nicht nur für Agnes da, können nicht für sie da sein, so wie sie für all die übrigen, ständig wechselnden kranken Frauen nicht da sein können.

Agnes will ihr nicht lästig sein. Sie soll nicht ungeduldig werden wie die anderen, sie soll nicht bereuen, dass sie Agnes angeschaut hat.

Weinen Sie ruhig.

Die Ärztin steht jetzt nah bei Agnes, die sich gleichsam knochenlos fühlt, ohne Haut, ohne Halt. Diese Frau kann mit ihr alles machen. Jetzt nimmt sie Agnes' Hand, dreht sie sanft nach oben, fährt mit dem Zeigefinger der Lebenslinie nach, sanft, liebkosend.

Frau Professor G. ist nicht größer als Agnes. Das Wildleder ihres Blousons riecht nach Nelken. Die streichelnden Hände der Ärztin sind warme Wellen, die immer wieder durch Agnes' Körper hindurchfluten, immer wieder, lind und leise, leis und lind. Ein Kinderreim. Leis und lind, Alexander. Die streichelnden Hände scheinen die Schicht, die sich auf Alexanders Bild gelegt hat, fortzuwischen. Nach und nach legen sie das Bild frei. Sie tragen Wälle ab und füllen Gräben auf, die sich zwischen Agnes und ihrem Leben außerhalb der Klinik aufgebaut haben.

Sie müssen niemals mehr Angst haben, streicheln die Hände. Sie haben keine Geisteskrankheit, sind nicht verrückt, waren es nie. Sie sind allein gewesen, sprachlos. Niemals hat sich jemand ernsthaft mit Ihnen beschäftigt, niemand hat sich für Sie wirklich interessiert, niemand hat Sie kennen gelernt. Sie waren unwissend und unsicher, selbst die einfachsten Gesetzmäßigkeiten unseres Lebens betreffend. Sie haben nie gelernt, etwas für sich selbst zu fordern, sondern immer nur, sich anzupassen. Ihrer Mutter, der Großmutter, Ihrem Mann, der Familie. Selbst Ihrem Kind gegenüber können Sie keine Forderungen stellen. Stattdessen hatten Sie Schuldgefühle, alte, unbewusste. Und täglich kamen neue hinzu. Die erzeugten wieder Unsicherheit – ein Kreis, der sich schließt.

Sie selbst haben sich auch niemals wirklich bemüht, einem Menschen nahe zu kommen, sagt die Stimme. Sie haben sofort aufgegeben, wenn jemand zurückwich. Sie haben Ihren Mann ausgeschlossen, haben sich nie für seine Träume, seine Wünsche, seine Enttäuschungen interessiert. Sie haben seine Zuneigung genommen wie ein Geschenk, das Sie nicht verdienen. Aber Sie haben ihm nie etwas zurückgegeben. Allzu schnell und allzu oft sind Sie in Ihre vermeintliche Unzulänglichkeit geflüchtet. Dadurch sind Ihre Ängste entstanden, dadurch waren Sie ihnen hilflos ausgeliefert.

Frau Professor G. hat sich jetzt hinter ihren Schreibtisch gesetzt. Agnes sitzt ihr gegenüber, will die Zeit festhalten, jedes Wort will sie festnageln in ihrem Hirn. Sie will nichts davon hergeben, will alles aufbewahren, die Stimme, die Worte, das Streicheln. Die Wärme in ihrem Körper will sie behalten, die Hoffnung, zu der sie sich nicht traut. Die blanke Schreibtischplatte zwischen Frau Professor G. und Agnes wird nun jeden Tag für eine Stunde zum Turnierfeld, zu einer Arena, in der Agnes eindeutig unterliegt. Trotzdem will sie täglich spielen.

Die Ärztin wirft harte Bälle, die Namen haben wie: Flucht in Selbstmitleid, falsche Maßstäbe, unbegründete Minderwertigkeitskomplexe, allzu bequeme Flucht vor Anstrengung. Diese Bälle prallen hart auf Agnes, tun weh, Agnes lässt sie sofort wieder fallen. Das trägt ihr Minuspunkte ein.

Frau Professor G. zeigt Agnes ihr Selbstbildnis, wie sie

es noch nie gesehen hat. Sie erschrickt, es gefällt ihr nicht, doch sie erkennt sich. Dies wehleidige alte Mädchen ist sie. Ihre Augen, in Bewunderung von Äußerlichkeiten aufgerissen, sehen die Wirklichkeit verzerrt.

Menschen verhalten sich zu Ihnen so, wie Sie es zulassen, sagt Frau Professor G.

Agnes begreift diesen Satz irgendwann. Glaubt auch, dass er Gültigkeit hat. Für andere. Aber sie widerspricht nicht. Sie hält jetzt alles für möglich.

13

Als sie entlassen wird, schaut sie aus Peters Auto hoch zu den Fenstern der Klinik. Glänzen die Scheiben zwischen den Sprossen mit einem Mal vertraut? Diesen Gedanken drängt sie weg, zunächst. Doch dann: Warum soll sie nicht zugeben, wenigstens vor sich selber zugeben, dass ihr die Klinik jetzt vertrauter ist als Peters Auto?

Sie sieht Frau Professor G. hinter einer Gardine, die sie beiseite schiebt. Sie lächelt Agnes zu und Agnes will zurück. Will sofort hinauf zu ihr, zu ihrer Stimme, in ihre Arme, dahin, wo sie sich orientieren kann, sich fest halten kann. Frau Professor G. öffnet das Fenster, und Agnes weiß, dass sie ja zurück kann. Das verwirrt sie, dass sie an Zurückkönnen denkt, nicht an Zurückmüssen.

Da oben ist Eva, sagt Peter. Agnes sieht Eva hinter dem Fenster stehen, regungslos. Sie will jetzt nicht daran denken, dass sie Eva lieb hat.

Ihre lange Abwesenheit vom Leben. War das Auto immer schon so blau? Peter lacht, er lenkt und schaltet den Wagen mit einer Hand, die andere streichelt Agnes. Alles Übung.

Auf der Straße sieht Agnes einen jungen Mann, der sein Kind im Wagen fährt. Er lässt den Wagen ein Stück vorausfahren, läuft dann hinterher, holt ihn gerade noch ein. Das Kind jauchzt jedes Mal über den Wettlauf. Es hat keine Angst. Wettlauf ohne Angst. Wettlauf mit der Angst.

Hockt sie vielleicht schon wieder in den Startlöchern, die Angst? In der täglich wiederkehrenden Dämmerung, in den Wolkenbergen, die, wunderlich aufgetürmt, den Himmel bedrohlich machen? Hockt die Angst in jedem Moment, in dem einem die Stille bewusst wird?

In ihrer Handtasche sind Tabletten. Ihre chemischen Freunde. Und jetzt Peters Hand auf ihrem Schenkel. Wärme. Nähe. Nähe?

Es ist Mutter sichtbar peinlich, eine Schwiegertochter zu haben, die nicht ganz dicht ist. Alexander ist wütend, abweisend. Warum war die Mami so lange weg? Offenbar hat es ihm niemand erklären können. Jetzt weist er ihre Arme zurück, will keinen Kuss. Vierzehn Wochen Abwesenheit, achtundneunzig Tage. Ihre lange Trennung von Alexander. Wir müssen wieder aufeinander zugehen, Kind. Achtundneunzig Schritte aufeinander zu.

Ist Lore noch blasser oder ihr prächtiges Haar noch roter als früher? Sie kniet vor Alex und bindet seine Schnürsenkel.

Auf beide fällt durch das große Wohnzimmerfenster die Nachmittagssonne. Hat Alexander einen kupfernen Schimmer im Haar? Lore sieht schön und schutzlos aus, wie sie voll Liebe zu dem Jungen hochschaut.

Bei Tisch hat sie das Kindergedeck neben ihrem platziert. Lacht glücklich-triumphierend, als Alex sie mit Sahne füttert. Karli schaut Agnes seltsam flehend an: Verzeih ihr, sie liebt ihn so.

Ich weiß doch, lächelt Agnes zurück.

An einem der nächsten Tage räumt sie Wäsche in den Schrank. Stapelt Gedanken an die Klinik, an Eva, an Frau Professor G. zwischen die Handtücher. Sie hört Karli nicht kommen. Gewahrt ihn erst, als er ihre Schultern festhält, als wollte er sie von einem Abgrund zurückhalten.

Ich will nur nicht, dass du erschrickst, sagt Karli.

Herr Bauer, der Nachbar von gegenüber, hat sich erhängt. Und Karli will nicht, dass sie unvorbereitet zum Fenster geht und alles mit ansieht.

Karlis warme Hand auf ihrer Schulter, leicht und schwer zugleich. Sie schaut durch die Gardine hinaus auf die Straße. Sieht, wie Männer ein tonnenähnliches Ding in einen schwarzen Wagen schieben. Leute bleiben stehen, kurz nur, dann gehen sie eilig weiter. Sie scheinen plötzlich kleiner geworden.

Er hat es geschafft, denkt Agnes.

Sie sagt: Er hat es hinter sich gebracht.

Aber wirklich, sagt Karli.

Asta Scheib im dtv

»Asta Scheib ist eine genaue Leutebeobachterin.«
Ponkie in der ›Abendzeitung‹

Kinder des Ungehorsams
Die Liebesgeschichte des Martin Luther und der Katharina von Bora

ISBN 3-423-12231-5

»Die vielleicht skandalöseste Liebesgeschichte Deutschlands.« (Klaus Modick in Radio Bremen)

Das zweite Land
Roman

ISBN 3-423-13401-1

Eine junge Kurdin in München. »Vielleicht trägt das Buch dazu bei, ein toleranteres Klima zu schaffen. Mit ihrem packenden Roman trifft Asta Scheib auf jeden Fall tiefer in die Herzen der Leser als jede Dokumentation über Bürgerkriegs-Flüchtlinge.« (Berliner Morgenpost)

Langsame Tage
Roman

ISBN 3-423-13420-8

»Ein Familien-, Frauen-, Mütter-, Ehe-, Liebes- und Einsamkeitsbuch ... Ein Stadtroman für intelligente Leser.« (Wolfgang Koeppen) – »Ein versponnenes, ehrliches Buch über eine Familie, die ihre Probleme allzugern unter den Teppich kehrt.« (Bunte)

Frau Prinz pfeift nicht mehr
Roman

ISBN 3-423-20634-9

Die Nachbarin ist tot – erschlagen von einem schweren Stein ... Ein spannender Psychothriller.

In den Gärten des Herzens
Die Leidenschaft der Lena Christ
Roman

ISBN 3-423-20731-0

»Ein einfühlsames, aber niemals pathetisches Porträt und gleichzeitig ein eindrucksvolles Stück bayerischer Zeitgeschichte.« (Nürnberger Nachrichten)

Beschütz mein Herz vor Liebe
Die Geschichte der Therese Rheinfelder

ISBN 3-423-20779-5

Die authentische Geschichte einer Münchnerin, die plötzlich erfährt, was es heißt, Jüdin zu sein.

Schwere Reiter
Roman · dtv großdruck

ISBN 3-423-25125-5

Mit dem Motorrad unterwegs. Zwei Frauen über fünfzig auf der Suche nach neuen Lebensinhalten.

Lilian Faschinger im dtv

»Diese Autorin ist eine leidenschaftliche Erzählerin, eine, die sich auf die Kraft ihrer Sprache verläßt und der das Entwickeln eines Plots sichtbares Vergnügen bereitet.«
Meike Fessmann in der ›Süddeutschen Zeitung‹

Magdalena Sünderin
Roman
ISBN 3-423-**12430**-X

Sieben Morde, sieben Liebesaffären, eine Tour de force durch halb Europa sowie durch alte und neue literarische Mythen: die Geschichte einer Mörderin aus Leidenschaft. »Amüsant, boshaft-witzig, hintersinnig.« (Stuttgarter Zeitung)

Wiener Passion
Roman
ISBN 3-423-**12925**-5

In Wien stößt die amerikanische Sängerin Magnolia Brown auf ein fast hundert Jahre altes Schriftstück: die Lebensbeichte der Mörderin Rosa Havelka. »Ein hinreißender Roman – bunt, spannend, skurril. Und voll Sympathie für den verführerischen Geist der Stadt.« (Berliner Morgenpost)

Die neue Scheherazade
Roman
ISBN 3-423-**13148**-9

Scheherazade Hedwig Moser ist Austro-Perserin und macht ihrem Vornamen alle Ehre … »Ein originelles literarisches Verwirrspiel.« (Abendzeitung, München)

Frau mit drei Flugzeugen
Erzählungen
ISBN 3-423-**12353**-2

Äußerlich scheint alles normal. Und doch ist die Welt, die man in diesen zehn Erzählungen betritt, nicht ganz geheuer. »Zupackend wie ein Psychothriller regen die Geschichten die Phantasie an … Aber niemals – und jedesmal ist man von neuem überrascht – kommt der Schluß so wie erwartet.« (Hella Kaiser im Berliner ›Tagesspiegel‹)

Paarweise
Acht Pariser Episoden
ISBN 3-423-**13284**-1

In Paris kreuzen sich Lebensläufe, Menschen begegnen sich, verlieben sich, trennen sich … »Ein wunderbares Buch.« (ORF)

Peter Härtling im dtv

»Er ist präsent. Er mischt sich ein. Er meldet sich zu Wort und hat etwas zu sagen. Er ist gefragt und wird gefragt. Und er wird gehört. Er ist zu einer Instanz unserer (nicht nur: literarischen) Öffentlichkeit geworden.«
Martin Lüdke

Nachgetragene Liebe
ISBN 3-423-11827-X

Hölderlin
Ein Roman
ISBN 3-423-11828-8

Ein Abend, eine Nacht, ein Morgen
ISBN 3-423-11837-7

Herzwand
Mein Roman
ISBN 3-423-12090-8

Das Windrad
Roman
ISBN 3-423-12267-6

Božena
Eine Novelle
ISBN 3-423-12291-9

Hubert oder Die Rückkehr nach Casablanca
Roman
ISBN 3-423-12439-3

Waiblingers Augen
Roman
ISBN 3-423-12440-7

Die dreifache Maria
Eine Geschichte
ISBN 3-423-12527-6

Schumanns Schatten
Roman
ISBN 3-423-12581-0

Zwettl
Nachprüfung einer Erinnerung
ISBN 3-423-12582-9

Große, kleine Schwester
Roman
ISBN 3-423-12770-8

Eine Frau
Roman
ISBN 3-423-12921-2

Schubert
Roman
ISBN 3-423-13137-3

Leben lernen
Erinnerungen
ISBN 3-423-13288-4

Der Wanderer
dtv großdruck
ISBN 3-423-25197-2

Janek
Porträt einer Erinnerung
ISBN 3-423-61696-2

»Wer vorausschreibt, hat zurückgedacht« · Essays
ISBN 3-423-61848-5

Bitte besuchen Sie uns im Internet: www.dtv.de

Anna Mitgutsch im dtv

»Hier ist eine Autorin am Werk, die in puncto psychologischer Kompetenz nicht so leicht ihresgleichen hat.«
Dietmar Grieser in der ›Welt‹

Die Züchtigung
Roman
ISBN 3-423-**10798**-7
Eine Mutter, die als Kind geschlagen wurde, kann ihre eigene Tochter nur durch Schläge zu dem erziehen, was sie für ein »besseres Leben« hält. Ein literarisches Debüt, das fassungslos macht. »Dieses Buch muß gelesen werden ..., weil es eines der wenigen Bücher ist, die in ihren Leser/innen etwas bewirken, vielleicht auch etwas verändern.« (Ingrid Strobl in ›Emma‹)

Das andere Gesicht
Roman
ISBN 3-423-**10975**-0
Sonja und Jana verbindet von Kindheit an eine fragile, sich auf einem schmalen Grat bewegende Freundschaft. Später gibt es Achim, den beide lieben, der beide begehrt, der sich – ein abenteuernder, egozentrischer Künstler – nicht einlassen will auf die Liebe ...

Ausgrenzung
Roman
ISBN 3-423-**12435**-0
Die Geschichte einer Mutter und ihres autistischen Sohnes. Eine starke Frau und ein zartes Kind erschaffen sich selbst eine Welt, weil sie in der der anderen nicht zugelassen werden.

In fremden Städten
Roman
ISBN 3-423-**12588**-8
Eine Amerikanerin in Europa – zwischen zwei Welten und keiner ganz zugehörig. Sie verläßt ihre Familie in Österreich und kehrt zurück nach Massachusetts. Doch ihre Erwartungen wollen sich nicht erfüllen ...

Haus der Kindheit
Roman
ISBN 3-423-**12952**-2
Heimat, die es nur in der Erinnerung gibt: eine eindringliche Geschichte vom Fremdsein.

Abschied von Jerusalem
Roman
ISBN 3-423-**13388**-0
Eine gefährliche Liebe in Jerusalem, Stadt der vielen Wirklichkeiten, Schmelztiegel der Kulturen und Religionen.